시간을 달리다, 난설헌

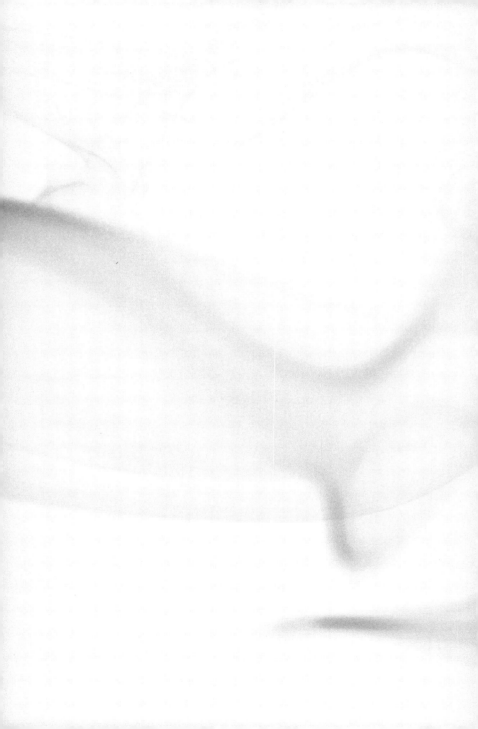

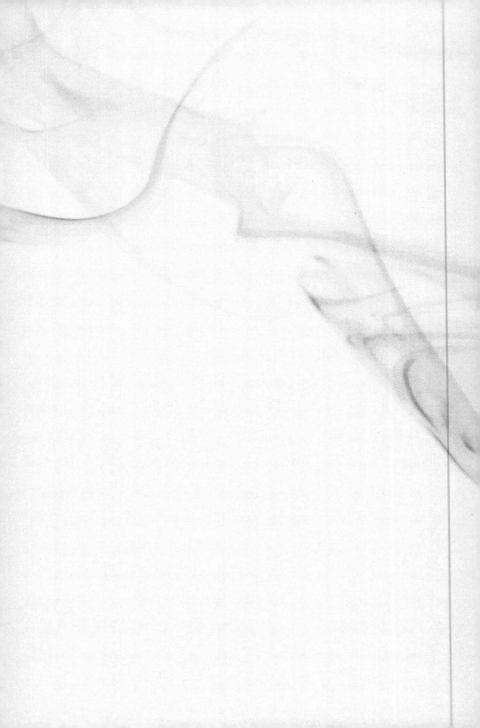

시간을 달리다, 난설헌

백혜영 장편소설

초록
서재

차 례

신비한 박산향로   9

수상한 사내   15

미행 끝에 남은 건 좌절뿐   21

또다시 시간 여행   36

글 도둑   42

드러나는 정체   54

미래로 가는 열쇠   64

시간을 달리다   77

원하는 걸 할 수 있다는 것   92

생명의 씨앗   102

더는 갈 수 없는 곳   116

뜻밖의 만남   125

가자, 금강산으로   135

끝내 막을 수 없는 일   146

죽음을 예언하는 시   161

스물일곱 송이 연꽃 떨어지니   171

마지막 선택   176

작가의 말 ⋯⋯⋯⋯⋯⋯⋯⋯ 188

| 일러두기 |

1. 이 작품은 허난설헌의 일대기를 바탕으로 작가의 상상을 덧붙여 쓴 팩션입니다.
2. 책 속에 나온 허난설헌의 우리말 번역 시는 모두 《허난설헌 평전》(장정룡, 새문사, 2007)에서
   인용했습니다.
3. 번역 시는 맞춤법과 무관하게 번역 시 표기를 따랐습니다.

신비한 박산향로

서찰을 든 난설헌의 손이 파르르 떨렸다. 동그란 눈에는 어느 새 물기가 가득 고였다.

오라버니 허봉⋯⋯.

어느 순간부터 이름만 들어도 왈칵 눈물이 났다.

그런 오라버니에게서 오랜만에 소식이 왔다.

'혹시 오라버니에게 무슨 일이 생긴 건 아닐까.'

난설헌은 자기도 모르게 치맛자락을 한 번 꼭 쥐었다 놓았다.

그러고는 허봉이 쓴 서찰을 천천히 읽어 내려갔다.

난설헌 보아라.

보나 마나 잘 지내지는 못할 테지.

못생긴 얼굴은 더 못생겨졌을 테고.

"픕."

한껏 긴장했던 난설헌이 자기도 모르게 웃음을 터트렸다.

첫마디부터 허봉다웠다. 형식적인 안부 인사 따위는 허봉과 어울리지 않았다. 하지만 바로 뒷말을 읽고는 난설헌 입가에 잠시 머물던 웃음기가 싹 사라졌다.

네 모든 불행과 고통은 다 이 못난 오라비 탓이다.
남은 시간 너에게 무엇을 해 줄 수 있을까 오래 고민했다.
결국 내가 해 줄 수 있는 건 하나뿐이더구나.
네가 멈추지 않고 글을 쓰도록 돕는 것.
그래서 네가 계속 살아갈 수 있게 하는 것.

'금방 죽을 사람처럼 왜 이런 말을⋯⋯.'

난설헌은 괜스레 마음이 불안해졌다. 더구나 자신의 불행을 내내 오라버니 탓으로 여겼다는 사실에 마음이 안 좋았다. 난설헌은 서찰과 함께 온 붓을 바라보았다. 거기에는 어느 한 곳 발붙이지 못하고 떠도는 중에도 누이를 생각하는 오라비의 마음이 들어 있었다.

"내가 그리 걱정되면 어서 집으로 돌아오실 것이지."

난설헌은 한숨을 푹 내쉬었다.

허봉은 다섯 해 전 유배를 갔다. 하필이면 임금이 가장 아끼는 병조판서 이이를 탄핵했다가 그 먼 함경도 갑산까지 쫓겨난 것이다. 자신이 옳다고 생각하면 끝까지 뜻을 굽히지 않는 곧은 성품. 임금 앞에서도 눈 하나 꿈쩍 않는 기개. 참으로 허봉다웠다. 그 일로 잘 나가던 허봉은 고꾸라졌다.

'눈치껏 좀 하시지.'

유배 가는 허봉에게 시를 지어 건네면서 난설헌은 기어이 한마디 하고 말았다. 하지만 이렇게 말했던 난설헌도 꼿꼿함으로 따지자면 조선에서 둘째라면 서러울 사람이다. 바른말도 싸가지 없게 한다는 평을 듣는 동생 허균까지. 이게 다 허씨 집안 내력인 걸 어쩌랴.

무슨 이유에서인지 허봉은 일 년간의 유배 생활이 끝나고도 돌아오지 않았다. 마치 영영 세상을 등질 사람처럼 금강산 여기저기를 떠돌고 있다. 그러다 이렇게 가끔 난설헌에게 서찰을 보내 드문드문 소식을 전하고 있었다.

'그래, 쓰자. 누가 뭐라 하든 쓰자. 이 세상에 딱 한 사람, 내 편이 되어 주는 이가 있으면 된다. 나에게는 오라버니가 있다.'

난설헌은 허봉이 보낸 붓을 보며 이렇게 마음먹었다.

"가만, 그런데 이건 대체 무슨 말이지?"

난설헌은 서찰 끄트머리에 적힌 말을 몇 번이고 다시 읽었다. 혹시 잘못 봤나 싶어 눈까지 비비고 다시 보았다. 마찬가지였다. 난설헌은 고개를 갸웃하며 서찰의 마지막 부분만 소리 내어 다시 읽어 보았다.

산은 하늘과 땅을 이어주는 존재이니,
붓과 함께 보내는 박산향로가
너를 신선 세계로 데려다주기를.
견디기 힘든 순간이 오면 향로를 쓰거라.
그럼 곧 신선 세계로 가는 문이 열릴 것이다.

'웬 박산향로? 게다가 신선 세계는 또 뭐람.'
난설헌의 눈길이 자연스레 박산향로에 머물렀다. 허봉이 한 말 때문일까. 향로에서 신비한 기운이 뿜어져 나오는 것 같았다.
향로는 주먹 두 개를 위아래로 맞붙인 정도의 크기였다. 동그란 산 모양으로 된 뚜껑에는 신선 세계에나 살 법한 동물이 열두 마리나 새겨져 있었다. 뚜껑 꼭대기에는 금방이라도 하늘로 날아오를 것 같은 봉황 한 마리가 앉아 있고, 밑 받침대는 용이 거칠게 휘감고 있었다. 번쩍번쩍 빛나는 황금색도 예사로 보이지 않았다.
이 향로에다 향을 피우면 오라버니 말대로 왠지 신선 세계로 쑥 빨려 들어갈 것 같은 기분이 들었다. 잠시 넋을 놓고 향로를 바라보던 난설헌은 이내 머리를 세차게 흔들었다.
"에잇, 깜빡 속을 뻔했네. 오라버니가 나를 또 놀리는 게지."
난설헌은 허봉이 하는 말이라면 뭐든 믿던 어린 시절을 떠올렸다. 당연히 허봉이 한 말에는 난설헌을 놀리기 위해 지어낸 말도 있었다. 사실 엄청 많았다. 박산향로니, 신선 세계니 하는 말도 틀림없이 허봉의 짓궂은 장난일 것이다. 잠시나마 누이를 웃게 하고 싶었던 것이리라. 누이를 위해 붓을 보내고, 장난스레 박산향로까지 얹어 보낸 오라버니 마음이 고스란히 느껴졌다. 난설헌의 콧날이 금세 시큰해졌다.

"오라버니 성의를 봐서라도 신선 세계를 구경하고 온 척이라도 해 볼까?"

난설헌은 문득 오라버니 장난에 맞장구쳐 주고 싶은 마음이 들었다. 벌써 세 번씩이나 과거에 떨어진 남편 탓에 숨 한번 크게 못 쉬던 참이었다. 이렇게라도 숨통을 좀 트고 싶었다.

"흐음, 어디 보자. 신선 세계로 가려면 나도 선녀 정도는 돼야지."

난설헌은 벌떡 일어나 뒷마당으로 나갔다. 자줏빛 붓꽃이 담벼락 앞을 빽빽이 메우고 있었다. 난설헌은 숭덩숭덩 거침없이 붓꽃을 따서 손에 쥐었다. 그러고는 줄기를 엮어 예쁜 화관을 만들었다.

"참 곱다."

스물여섯 난설헌이 어린아이처럼 해맑게 웃었다. 이렇게 웃는 건 참 오랜만이었다. 오라버니 허봉과 시에 대해 논하고, 동생 허균과 함께 글공부할 때는 늘 이렇게 웃던 난설헌이었다. 하지만 김성립과 혼인한 뒤 난설헌은 웃음을 잃어버렸다.

난설헌은 방으로 들어와 화관을 머리 위에 얹었다. 한지를 서안 위에 펴고 빠르게 먹을 갈았다. 시상이 머릿속에 파바박 떠올랐다. 먹물에 붓을 푹 찍어 방금 떠오른 시를 적으려는 순간,

뒷간에 들어가 뒤를 닦지 않은 것 같은 찜찜함을 느꼈다.

"아차!"

향로를 깜빡했다. 난설헌은 얼른 박산향로 뚜껑을 열고 향목 가루를 넣었다. 향을 피우고 뚜껑을 닫자 뚜껑 곳곳에 뚫린 구멍 사이로 스멀스멀 연기가 피어올랐다. 향내가 금세 방 안 가득 퍼졌다. 갑자기 온몸이 나른해지더니 머리가 어질어질했다. 눈까지 사르륵 감겼다. 점점 몽롱해지는 정신에 난설헌은 금방이라도 신선 세계로 갈 것 같은 착각이 일었다.

* * *

얼마나 시간이 흘렀을까. 난설헌이 눈을 번쩍 떴다. 비릿한 바다 냄새가 코끝을 스쳤다. 철퍼덕철퍼덕 파도치는 소리도 들렸다. 차가운 바람이 치맛자락을 흔들었다.

"여기가 어디지? 난 분명 방에서 시를 쓰고 있었는데……."

난설헌은 고개를 돌려 주변을 살폈다. 눈 깜짝할 새 바닷가에 와 있다는 게 믿어지지 않았다. 그러다 문득 어떤 생각이 머릿속을 스쳤다. 자연스레 이 말이 입 밖으로 튀어나왔다.

"설마…… 신선 세계?"

수상한 사내

난설헌은 천천히 걸음을 옮겨 보았다. 보이는 거라고는 드넓은 모래사장과 시퍼런 바닷물밖에 없었다. 그러다 저 멀리, 한 사내의 뒷모습에 눈길이 꽂혔다. 상투도 틀지 않고 요사스럽게 머리를 깎은 수상한 뒤통수가 보였다. 그는 두 팔을 크게 휘휘 내저으며 바다로 뛰어들고 있었다.

"어어어! 안 돼!"

난설헌은 남자를 향해 무작정 뛰었다. 사람 목숨이 달린 일에 양반가 규수의 법도 따위는 순식간에 내팽개쳐 버렸다. 난설헌은 그의 뒤로 다가가 허리를 덥석 끌어안았다. 물이 가슴팍까지 차올랐지만, 꽉 잡은 허리를 놓지 않았다. 거친 파도에 행여 놓칠세라 두 팔에 힘을 꽉 주었다.

'이 선비를 어떻게든 물 밖으로 끌어내야 해. 귀한 목숨을 허망

하게 버리도록 내버려 둬서는 안 되지.'

난설헌은 숨을 헐떡이며 소리쳤다.

"이보시오, 무슨 일인지 모르나, 허헉, 이리 하면 천벌을 받는다오. 헉헉, 어서, 허어헉, 나오시오!"

덫에 걸린 짐승처럼 남자는 옴짝달싹하지 못했다. 이 사내의 이름은 문우진. 스물아홉 살 청년이다.

우진이 몸을 비틀어 난설헌의 손아귀에서 벗어나려 했다. 하지만 쉽지 않았다. 가는 손목과 달리 힘이 장사였다. 우진은 불뚝 짜증이 솟았다. 이렇게 허비할 시간이 없었다. 우진은 자기를 붙잡고 있는 이가 누군지 보려고 고개를 뒤로 홱 돌렸다. 백옥처럼 하얀 얼굴이 눈에 들어왔다.

그 순간, 마치 시간이 멈춘 것처럼 아무 소리도 들리지 않았다. 주변 경치도 순식간에 사라지고 오로지 여인의 얼굴만이 우진의 눈 속에 또렷이 박혔다.

햇빛을 받은 호수처럼 반짝반짝 빛나는 동그란 눈망울. 앙증맞은 코. 붉은 꽃물을 들인 것처럼 새빨간 입술. 여인의 얼굴에서 도무지 눈을 뗄 수 없었다.

'아…… 아름답다. 하늘에서 내려온 선녀가 따로 없구나.'

그 황당한 상황에서도 우진의 머릿속에 이런 생각이 스쳐 지나갔다.

난설헌도 고개를 들어 올렸다. 진한 갈색 눈동자가 자신을 내려다보고 있었다. 오똑한 콧날에 살짝 도톰한 입술, 적당히 각진 턱이 눈에 들어왔다. 자기 의지와 상관없이 난설헌의 가슴이 세차게 뛰었다. 바짝 붙어 선 남자에게까지 가슴 뛰는 소리가 들릴 것 같았다. 하지만 남자의 눈길을 피하고 싶지는 않았다.

'아…… 참으로 잘났다. 신선이 있다면 이렇게 생겼을까.'

난설헌은 부끄러움도 없이 처음 보는 남자 얼굴을 바라보았다. 저도 모르게 입까지 살짝 벌리고 그 얼굴에 넋을 놓았다. 그 순간 파도가 휙 몰아쳤다. 바닷물이 난설헌의 얼굴을 철썩 때렸다. 벌어진 입속으로 짜디짠 바닷물이 들이쳤다.

"어푸푸!"

난설헌은 정신이 번쩍 들었다.

'참, 나 지금 죽으려던 사람 구하고 있었지?'

난설헌은 팔에 더욱 힘을 주었다. 그럴수록 우진은 더욱 버둥거리며 알 수 없는 소리를 내질렀다.

"으악! 안 돼! 내 유엣씁!"

우진은 결국 모래사장까지 끌려 나왔다.

난설헌은 숨을 후우 몰아쉰 뒤 낯선 사내의 허리에 감았던 팔을 스르르 풀었다. 그러자 부끄러움이 파도처럼 밀려들었다. 두 볼이 금세 빨갛게 물들었다. 다행히 해가 바다 밑으로 떨어지는 때였다. 주황빛 노을이 붉어진 얼굴을 슬며시 감춰 주었다.

난설헌이 괜스레 치맛자락만 매만지고 있을 때, 우진도 이성이 돌아왔다. 그리고 자신이 잃은 게 뭔지 떠올랐다. 절망이 온몸을 휘감았다. 모든 게 앞에 있는 여인 탓인 것만 같았다. 우진이 자기도 모르게 벌컥 소리를 질렀다.

"당신 대체 누굽니까? 갑자기 어디서 나타난 거죠? 왜 남 일에 참견입니까?"

난설헌은 기가 막혔다. 기껏 목숨을 구해 줬더니 보따리 내놓으라는 격 아닌가. 난설헌 성격에 가만있을 리 없었다. 난설헌이 그보다 더 큰 목소리로 소리쳤다.

"이보시오! 잘난 얼굴 봐서 봐주려 했더니 이게 무슨 도리지요? 귀한 목숨 구해 줬으면 넙죽 엎드려 절을 해도 시원찮을 판에! 무릇 군자라면 이리 무례하게 굴어서는 아니 되오!"

우진은 귀를 뚫고 들어오는 목소리에 놀라 손가락으로 귓구멍을 꽉 틀어막았다. 군자라니, 아니 되오라니? 조선 시대에서나 쓸 법한 말을 천연덕스럽게 내뱉는 이 여자. 게다가 한복에 화관까지. 도무지 정상으로 보이지 않았다. 계속 상대해 봤자 입만 아플 것 같았다. 우진은 얼른 바다로 눈을 돌려 버렸다. 그러자 이제 바닷속에 영원히 잠길 자신의 보물이 떠올랐다.

"아아, 내 목숨, 나의 모든 것……. 이제 다 끝났어."

우진이 바다 쪽으로 저벅저벅 걸어갔다. 난설헌은 그가 바다에 또 뛰어들려는 줄 알고 흠칫 놀랐다. 다행히 우진은 열 발자국쯤 걸어간 뒤 멈춰 섰다. 그의 발치에 조그마한 보따리 하나가 놓여 있었다. 황금색 보자기로 싸 놓은 걸 보니 꽤 귀중한 물건인 것 같았다. 우진이 보따리를 조심스레 들어 올리며 중얼거렸다.

"너와도 이제 작별을 고해야 하나."

금방이라도 울음을 터트릴 것 같은 표정에 난설헌은 마음이 쓰였다. 다가가 낯선 사내의 등을 가만히 어루만져 주고 싶었다. 조금 전 타박을 들었다는 사실은 어느새 잊었다.

자기도 모르게 한 발, 한 발 그에게 다가가는 순간, 갑자기 정신이 몽롱해지더니 눈꺼풀이 사르르 감겼다. 처음 향로를 피웠을 때와 똑같은 느낌이 온몸에 퍼졌다.

'이러면 안 되는데, 눈을 떠야 하는데, 아아아……!'

난설헌이 눈을 번쩍 떴다. 방이다.

'향에 취해 꿈이라도 꾼 걸까.'

난설헌이 몸을 부르르 떨었다. 한여름에 한기가 밀려왔다. 아래를 내려다보니 치마가 흠뻑 젖었다. 버선과 치마 끝자락에 모래까지 잔뜩 묻어 있었다.

'꿈이…… 아니었어. 그럼 내가 본 건 뭐지? 그 낯선 사내는 대체 누구야?'

난설헌은 이리저리 머리를 굴렸다. 그러다 숨을 훅 들이마셨다.

'오라버니 말대로 정말 신선 세계로 가는 문이 열린 걸까. 그럼 내가 만난 사내가…… 신선?!'

어쩐지 그 사내의 차림새와 머리 모양이 이곳 사람 같지 않았다. 난설헌의 궁금증은 꼬리에 꼬리를 물고 이어졌다.

'신선이 대체 왜 바다에 빠져 죽으려고 한 거지? 신선 세계에도 인간 세계와 같은 고통과 불행이 존재하는 걸까.'

머릿속이 실타래처럼 뒤죽박죽 뒤엉켰다. 그러다 박산향로에 눈길이 멈추었다.

'설마…… 모든 게 이 향로 때문인 건가?'

난설헌은 박산향로를 가만히 바라보았다. 향로에서는 더는 향이 피어오르지 않았다. 잠시 신선 세계에 다녀왔다고 생각하니 향로가 더욱 신비롭게 보였다.

'아…… 오라버니가 나를 고통에서 건져 주려고 이 향로를 보냈구나.'

난설헌은 이렇게 생각했다. 이 향로는 시집온 첫날부터 내내 불행했던 자신의 삶에 대한 위로일지 모른다고. 하늘도 자신을 가엾이 여긴 게 틀림없다고. 그래서 오라버니를 통해 귀한 선물을 보낸 거라고. 그러고 있자니 고통 속에 몸부림쳤던 지난 세월이 가슴을 뚫고 지나갔다.

난설헌은 열다섯 무렵, 김성립을 처음 만났던 때를 떠올렸다. 모든 불행의 시작은 바로 그날부터였다. 할 수만 있다면 다시 그때로 돌아가 모든 걸 되돌리고 싶은 마음뿐이었다. 마치 앞날을 예견하듯, 난설헌은 그때 단단히 화가 나 있었다.

미행 끝에 남은 건 좌절뿐

사사삭, 사사사사사삭.

한 노비가 발걸음을 바삐 놀렸다. 숨이 턱까지 차오른 듯 힘겨워 보였지만 멈추지 않았다.

노비는 지금 누군가의 뒤를 몰래 쫓고 있다. 한바탕 몸싸움이라도 하고 왔는지 노비의 옷 여기저기에 흙이 잔뜩 묻어 있었다. 하지만 얼굴만큼은 양반집 도련님 뺨칠 정도로 뽀얗게 빛났다. 가녀린 체구에, 계집이라고 해도 믿을 만큼 곱상한 얼굴이었다.

노비가 뒤쫓는 인물은 동인의 수장 허엽. 임금에게 바른말 하기로 유명한 그는 학식과 인품을 모두 갖춘 이로 평가받고 있었다. 학문깨나 한다는 양반집 자제 중 강직한 그를 흠모하고 존경하지 않는 사람을 찾아보기 드물 정도다.

허엽이 탄 가마가 커다란 솟을대문 앞에 멈춰 섰다. 이 집은 무려 5대째 계속해서 문과 급제자를 낸 안동 김씨 집이다. 화려한 문벌을 자랑하는 가문답게 높은 담장이 너른 집을 죽 두르고 있었다.

가마가 도착하자 대문이 '꺼거거걱' 소리를 내며 열렸다. 그 집에서 나온 행랑아범은 허엽 일행을 알아보고 곧바로 허리를 꾸벅 숙였다. 가마에서 내린 허엽이 대문 안으로 휘적휘적 걸어 들어갔다.

아까부터 허엽 뒤를 쫓던 노비는 나무 뒤에 숨어 이 모습을 몰래 지켜보고 있었다. 이제 때가 온 걸까. 노비가 나무 뒤에서 나와 모습을 드러냈다. 그러더니 간도 크게 솟을대문 앞으로 성큼 다가섰다. 노비는 큼큼 목을 가다듬은 뒤, "이리 오너라!" 하고 크게 외쳤다. 하지만 외치는 자태가 어딘지 모르게 어색해 보였다.

문을 열고 나온 행랑아범이 고개를 갸웃하며 '누구?' 하는 표정으로 노비를 바라보았다. 노비가 빠르게 말을 뱉었다.

"저는 허엽 대감님 댁에서 온 사람입니다. 저희 마님께서 급히 대감마님께 전할 말씀이 있다 하여 왔습니다."

행랑아범은 노비의 반듯하고 또렷한 말씨에 속으로 적잖이 놀랐다. 하지만 겉으로는 태연한 척했다. 자신이 더 윗사람인 척 거들먹거리며 일부러 고개도 빳빳이 세웠다. 앞에 있는 이가 진짜 허엽 대감댁 노비가 맞는지 꼬치꼬치 따져 묻는 것도 잊지 않았다. 아무나 함부로 들였다가는 대감마님에게 혼쭐이 날 테니 허투루 넘길 수 없었다.

　노비는 괜스레 시간을 끄는 행랑아범을 보고 속으로 코웃음을 쳤다. 하지만 안으로 들어가려면 잠자코 있는 수밖에 없었다. 행랑아범은 한참이나 뜸을 들인 뒤 선심 쓰듯 노비를 안으로 들였다. 노비는 불쾌한 기색을 숨기고는 빠른 걸음으로 안채로 들어갔다.

　노비와 행랑아범이 사랑방 앞에 다다랐을 때, 그 집 마님이 막 방에서 나오고 있었다. 옆으로 가늘게 쭉 찢어진 눈에 코 옆에 새끼손톱만 한 점이 있는 송씨 부인이었다.

　행랑아범이 얼른 송씨 부인을 향해 고개를 숙였다. 방금까지 거들먹거리던 이는 어디 가고 숨소리마저 크게 내지 않았다. 노비도 눈치껏 행랑아범을 따라 허리를 구부렸다.

　송씨 부인이 노비를 머리부터 발끝까지 훑었다. 노비 몸에 상처라도 낼 듯 눈빛이 날카로웠다. 마님의 심기를 거스를까 두려운 행랑아범이 먼저 입을 열었다.

　“허엽 대감님 댁 노비이옵니다. 대감님께 급히 전할 말이 있다 하여 안으로 들였사옵니다.”

　“노비라…….”

　송씨 부인 눈이 공손히 모은 노비의 두 손으로 향했다. 손에 물 한 방울 안 묻혔을 것 같은 고운 손이었다. 수상한 눈초리를 눈치챈 걸까. 노비가 고개를 한 번 꾸벅 숙인 뒤 급히 마루 위로 올라섰다.

"저, 저런 무례한 것을 봤나."

송씨 부인이 혀를 끌끌 찼다. 누군지 제대로 고하지도 않고 마루 위로 성큼 올라서기부터 했으니 부인의 심기가 불편한 것은 당연한 일. 눈치 빠른 행랑아범은 송씨 부인의 호통이 떨어지기 전에 냉큼 달려가 자기 주인 어른에게 노비가 찾아왔다고 고했다.

"안으로 들여라."

대감 말이 떨어지기 무섭게 노비가 문을 벌컥 열고 방으로 들어갔다.

방에는 허엽과 이 집의 주인 김첨, 그리고 그의 아들 김성립이 마주 앉아 있었다. 노비는 빠르게 김성립의 얼굴을 살폈다. 송씨 부인을 닮아 옆으로 쭉 찢어진 눈에, 뭉툭한 주먹코, 두툼한 입술까지. 잘난 구석이라고는 눈 씻고 찾아봐도 없었다. 노비가 저도 모르게 붉은 입술을 꽉 깨물었다.

김성립 역시 노비를 보며 눈살을 찌푸렸다. 꼿꼿하게 선 채 자신을 매섭게 쏘아보는 눈빛이 영 마음에 들지 않았다. 아무리 사람 좋다고 소문난 김성립이라지만, 법도를 중시하는 양반집 자제다. 여느 양반집도 아니고 뼈대 있는 안동 김씨 가문 아닌가. 한낱 노비가 자신을 그런 눈초리로 쳐다보는 것은 김성립으로서는 처음 겪는 일이었다. 장차 장인이 될 허엽이 앞에 있지 않았다면 당장에라도 노비에게 무섭게 호통을 쳤을 것이다. 하지만 김성립은 허엽에게 예를 갖추느라 자신의 불쾌함을 꾹 눌러 참았다.

김첨을 보며 웃던 허엽의 눈도 자연스레 노비에게로 향했다.

"헙!"

순간 허엽의 얼굴이 새파랗게 질렸다. 무엇에 놀랐는지 손까지 부들부들 떨었다. 급기야 들고 있던 차까지 바닥에 쏟았다.

"이, 이런, 미안하네. 이 귀한 차를……."

눈에 띄게 당황한 허엽을 보고 김첨은 허허 웃었다.

"허 대감님 댁에 무슨 급한 일이라도 있나 봅니다. 거센 바람에도 흔들림 없는 대쪽 같은 분께서 이리 당황하시는 걸 보면. 허허허."

허엽은 억지로 입꼬리를 올려 웃음을 지어 보이려 애썼다. 김첨이 노비를 힐끗 본 뒤 아쉬운 듯 수염을 쓸어내렸다.

"그럼 오늘은 이만 가 보시지요. 혼례 이야기는 차차 나눠도 될 듯합니다."

허엽이 자리에서 막 일어서려 할 때, 김첨이 무언가 생각난 듯 말을 이었다.

"참, 성립이는 곧 저희 가문의 대를 이어 문과에 급제할 녀석입니다. 그러니 여신동으로 소문난 대감님의 따님과 천상배필이 될 겝니다. 허허허."

김첨이 다시 호탕하게 웃었다. 김성립을 바라보는 눈빛에 아들에 대한 믿음과 가문에 대한 자부심이 엿보였다. 아버지와 달리 김성립은 좀체 웃지 못하고 좁은 어깨를 더욱 움츠렸다. 허엽역시 따라 웃지 못하는 건 마찬가지였다.

"흠흠, 그럼 조만간 다시 기별하겠네."

허엽은 얼른 자리에서 일어서며 노비를 향해 고개를 까딱했다. 여전히 성난 표정의 노비가 씩씩대며 허엽 뒤를 따라 나갔다.

송씨 부인은 아직 안마당에 있었다. 송씨 부인은 굳은 표정으로 방을 나오는 허엽을 바라보았다. 그리고 성난 노비의 얼굴을 보았다.

'저 눈매, 저 입술⋯⋯.'

송씨 부인이 고개를 갸웃했다. 노비 얼굴을 볼수록 마음 한구석에 알 수 없는 찜찜함이 남았다. 허엽은 송씨 부인에게 간단히 목례를 한 뒤 성큼성큼 걸어 김첨의 집을 나섰다.

* * *

"감히 거기가 어디라고 들어와?"

벼락 같은 호통이 떨어졌다. 허엽은 집에 들어서자마자 노비를 향해 버럭 소리를 질렀다. 분을 참지 못한 듯 마당에 서서 발까지 쾅쾅 굴렀다.

"게다가 저, 저, 저 망측한 모습으로⋯⋯."

허엽은 눈을 질끈 감았다. 더는 망측한 꼴을 보지 않으려는 나름의 방법이었다. 노비는 여전히 붉은 입술을 꽉 깨물고 있었다. 저러다 입술에서 피라도 나는 건 아닌지 걱정될 정도였다. 허엽만큼 노비도 성이 잔뜩 나 있었다.

한바탕 소란이 일자 김씨 부인이 마당으로 내려섰다. 김씨 부인은 허엽에게 혼나고 있는 노비를 바라보았다. 그러고는 이내 얼굴이 새파랗게 질렸다.

"어머, 얘, 얘가⋯⋯! 이런 망측한 꼴을 하고. 이게 다 무슨 일이니?"

그랬다. 노비는 다름 아닌 이 집의 귀한 막내딸, 허난설헌이었다. 양반집 규수가 지저분한 노비 옷을 입은 것도 모자라 남장까지 했으니, 허엽과 김씨 부인이 기함하고도 남을 노릇이었다.

"그래, 어디 네 말이라도 들어보자. 대체 왜 이런 짓을 벌였느냐?"

숨을 몰아쉬던 허엽이 잠시 진정하고선 물었다. 난설헌은 이때다 싶어 하고 싶은 말을 모조리 쏟아냈다.

"제가 누군가와 혼례를 올린다더군요. 저도 모르는 사이에. 혼례를 올리는 사람이 아버지인가요? 아니면 어머니? 아니잖아요. 바로 저예요, 저. 그런데 왜 아버지가 제 신랑감을 마음대로 고르세요? 왜 제 의사는 묻지도 않으세요? 신랑감이 누군지 알지도 못한 채 어떻게 혼례를 올리란 말이에요? 첫날밤에 짠하고 신랑감이 나타나면 '아, 당신이 내 신랑이었군요.' 하란 말씀이세요? 저는 그렇게 못해요. 절대 못해요. 적어도 내 신랑이 누가 될지는 알고 혼례를 올리고 싶다고요. 그래서 갔어요."

난설헌이 다다다 말을 쏟아낼수록 허엽의 입이 점점 더 크게 벌어졌다. 조선 천지 대갓집 규수 가운데 제 신랑감을 직접 골라 혼례를 올리는 이가 어디 있단 말인가. 그저 부모가 정해 준 대로 짝을 지어 살면 될 일이었다. 부모가 오죽 잘 알아서 신랑 감을 골라 주겠느냐 말이다. 하지만 난설헌은 여기서 멈추지 않았다.

"난 그 김성립이란 사람한테는 절대 시집 안 가요. 얼마나 답답하고 고지식해 보이는지. 집안 분위기는 또 어떻고요? 그 집에 들어서자마자 숨통이 꽉 막히는 줄 알았다고요. 그 사람한테 시집가느니 차라리 머리 빡빡 깎고 절에 들어가 비구니가 될 거예요!"

난설헌은 마지막으로 이렇게 엄포를 놓은 뒤, 방으로 휙 들어가 버렸다.

"어구구, 저런 버르장머리를 봤나! 글깨나 읽는다고 오냐오냐 한 내가 잘못이지. 에구에구."

금방이라도 쓰러질 듯 허엽의 몸이 휘청했다. 김씨 부인이 얼른 다가가 허엽을 부축했다. 김씨 부인 역시 속으로 놀라기는 마찬가지였다. 쓰러지고도 남았다. 하지만 자신까지 흔들릴 수 없었다. 김씨 부인이 조용히 남편을 달랬다.

"봉이더러 잘 타이르라고 할 테니 너무 심려치 마세요."

믿을 사람은 둘째 아들 허봉뿐이었다.

난설헌은 어려서부터 유독 허봉을 따랐다. 일찌감치 자신의 재능을 알아보고 사람 대 사람으로 대해 주었기 때문인지도 몰랐다. 난설헌에게 처음 글공부를 시키자고 한 사람도 허봉이었다.

심지어 자신의 벗인 이달을 난설헌의 스승으로 데려오기도 했다. 허씨 집안에서 난설헌의 고집을 꺾을 수 있는 유일한 사람은 다름 아닌 허봉이었다.

"크크큭."

세상 근심은 모두 짊어진 것 같은 표정을 한 부모와 달리, 뒤곁에서 누군가 입을 틀어막으며 웃고 있었다. 이 집의 막내아들 허균이었다.

아버지가 불같이 화내는 모습을 본 허균은 처음에는 조금 겁을 먹었다. 그런데 남장을 한 누이 얼굴을 본 순간 터져 나오는 웃음을 참기 힘들었다. 허벅지까지 콕콕 찔러 가며 웃음을 참느라 혼났다. 허균은 고개를 절레절레 저으며 중얼거렸다.

"역시 우리 누이는 아무도 못 말려. 크크큭."

허균은 이 재미있는 일을 누구에게라도 말하고 싶어 입이 근질근질했다. 허균의 입꼬리가 금세 위로 솟았다. 아홉 살다운 개구쟁이 같은 미소를 쓱 지은 허균이 곧장 대문을 박차고 나섰다.

"스승님, 스승님, 저희 누이가 또 무슨 짓을 저질렀는지 아세요? 크큭."

허균은 스승 이달의 집으로 쪼르르 달려갔다. 누이 난설헌과 함께 허균도 이달에게 글공부를 배우고 있었다.

허균은 잔뜩 올라간 목소리로 누이가 한 짓을 이달에게 낱낱이 고해바쳤다. 이달은 신이 나서 떠드는 허균과 달리 한숨을 푹푹 내쉬었다. 신랑감이 김성립이라는 말을 들었을 때는 한숨 소리가 더욱 커졌다.

'허허, 김성립이 난설헌의 짝이라니……. 가당치 않을 일.'

조선에서 가장 잘난 사내를 데려와도 모자랄 판에, 김성립은 용모로 보나 학식으로 보나 난설헌에게는 한참 못 미치는 사람이었다. 집안이 좋다고는 하나 왜 굳이 그런 이를 난설헌의 짝으로 골랐는지, 이달은 도무지 이해할 수 없었다. 맞지 않는 짝을 억지로 맺어 주려 한다는 생각에 왠지 모를 불안감마저 밀려왔다.

'아무래도 이번에는 허엽 대감이나 봉이 그 친구가 잘못 생각한 것 같은데…….'

그런 스승의 마음도 모른 채 허균은 말을 멈출 줄 몰랐다. 더러운 노비 옷을 입고 상투까지 튼 난설헌의 모습을 그릴 때는 바닥을 쾅쾅 치며 배를 잡고 웃었다. 눈가를 손으로 콕콕 찍어 가며 눈물까지 찔끔찔끔 흘렸다.

"서, 설마 난설헌이 그런 짓까지……."

양반집 규수가 노비 옷을 입고 남장까지 했다니.

이 대목에서는 이달도 입을 떡 벌렸다. 그러면서도 한편으로는 여느 사내 못지않은 난설헌의 배짱과 대담함에 놀랐다. 과연 난설헌답다고 생각했다.

허균이 하는 이야기를 전해 들을수록 이달은 난설헌이 안쓰러워 견딜 수 없었다. 서자로 태어나 아무것도 하지 못하는 자신의 처지와, 여자로 태어난 난설헌의 운명이 겹쳐 보여 안쓰러운 마음은 더욱 커졌다.

여자로 태어나지만 않았다면 난설헌은 크게 되고도 남을 인물이었다. 어쩌면 오라비인 허봉이나 동생 허균보다 더 뛰어난 인재가 될지 모를 일이었다. 서자 신세를 한탄하며 방황하던 그가 누군가를 가르치겠다는 마음을 먹은 것도 바로 난설헌의 총명함 때문 아니던가. 이달은 난설헌이 쓴 '광한전 백옥루 상량문'을 처음 읽었을 때 느꼈던 전율을 떠올렸다.

신선 세계를 향한 거침없는 상상력과 빼어난 글솜씨에 당시 이달뿐 아니라 그 글을 본 모든 이가 놀랐다. 더군다나 당시 난설헌의 나이가 고작 여덟 살이었다는 데에 모두 혀를 내둘렀다.

난설헌의 재능을 일찌감치 알아본 탓일까. 그 이후 오랜 벗이던 허봉은 이달에게 난설헌의 스승이 되어 달라고 부탁했다. 아무리 양반집이라지만 여자에게 글을 가르치는 게 흔한 일은 아니었다. 이달은 잠시 머뭇거렸다. 서자 신세로는 어차피 아무것도 할 수 없다. 한세상 그저 이리저리 떠돌며 세월을 보내려 했다. 누군가를 가르치고 싶은 생각은 더더군다나 없었다.

그런데 어린 난설헌이 자꾸만 눈앞에 어릿거렸다. 그렇게 총명한 아이라면 한번 가르쳐 보고 싶었다. 그 아이의 재능을 한껏 끌어내 보고 싶은 욕심이 생겼다. 그렇게 이달은 난설헌의 스승이 되었다.

난설헌을 가르친 지 벌써 여러 해 되었지만, 당돌하고 총명하던 여덟 살 아이의 모습이 아직도 이달의 머릿속에 또렷이 박혀 있었다.

"네 누이는 조선 땅에 다시 없을 여성이다."

이달은 이 한마디를 던진 뒤 허균을 자리에서 물렀다. 여전히 히죽대던 허균은 이달의 말에 고개를 끄덕끄덕했다.

'암, 그렇고말고. 우리 누이 같은 여성이 또 어디 있겠어? 또 있으면 나는 명나라로 도망쳐 버리고 말 테야. 크크큭.'

* * *

"감히 신랑감을 제 눈으로 보겠다고 찾아오다니! 발칙하게 남장까지 하다니! 게다가 더러운 노비 옷까지 입고!"

송씨 부인이 입술을 파르르 떨었다. 방금 행랑아범이 들고 온 소식에 까무러치지 않은 것만도 다행이었다. 안동 김씨 못지않은 이름난 가문에서 자란 송씨 부인에게 난설헌의 행동은 도무지 용납할 수 없는 일이었다.

송씨 부인의 예상은 한 치도 벗어나지 않았다. 안 그래도 허엽이 허둥지둥 데리고 나간 노비가 영 수상쩍던 참이었다. 그래서 몰래 행랑아범을 시켜 허엽과 노비 뒤를 곧바로 뒤쫓게 했다. 그러다 방금 입이 떡 벌어지는 소리를 들은 것이다. 행여 소문이라도 났다가는 혼례도 치르기 전에 가문 이름에 먹칠부터 할 터였다.

송씨 부인은 치맛자락을 거칠게 휘날리며 안방으로 들어섰다.

김첨이 한가롭게 서책을 읽고 있었다. 그 모습을 본 송씨 부인은 속에서 더욱 열이 났다.

"대감. 지금 태평하게 서책이나 보실 때가 아닙니다. 며느릿감 들이는 일, 다시 생각해 보세요."

김첨이 고개를 획 들어 부인을 쳐다보았다. 눈초리에 언짢은 기색이 역력했다. 다 끝난 일에 뜬금없이 이게 무슨 소리냐는 표정이었다. 송씨 부인은 자신이 들은 이야기를 토씨 하나 빠뜨리지 않고 그대로 전했다. 이 이야기를 들으면 김첨도 틀림없이 마음을 고쳐먹으리라 믿었다.

하지만 송씨 부인의 예상이 이번에는 보기 좋게 빗나갔다. 김첨은 부인 말이 끝나기 무섭게 큰소리로 웃음을 터트렸다. 불쾌한 구석이라고는 눈곱만큼도 찾아볼 수 없는, 호탕한 웃음이었다.

"허허허허허! 역시 듣던 대로구려. 심성만 곱지, 대장부답지 않게 여리고 소심한 우리 성립이에게는 딱 맞는 배필이오. 그러니 부인도 더는 딴소리 마시오."

무 자르듯 딱 자르는 김첨의 말에 송씨 부인은 아무 대꾸도 하지 못했다.

'이미 무를 수 없는 일이란 말인가.'

송씨 부인은 치맛자락을 꽉 움켜잡았다.

'정 그렇다면 양반가 규수다운 법도와 체통을 가르치는 게 내 일이로구나. 김씨 집안 사람이 되는 순간 그 버르장머리를 단단히 고쳐 놓으리……'

송씨 부인은 난설헌 때문에 놀란 마음을 다잡았다. 하지만 불편한 심기까지 쉬이 가시지는 않았다.

여기 심기가 불편한 사람이 또 있었다. 바로 이 모든 소란의 주인공 난설헌이다. 난설헌은 허엽에게 큰소리치고 방에 들어온 뒤 서안까지 쾅쾅 치며 연이를 붙잡고 하소연하고 있었다.

"연이야, 내가 그 못나고 꽉 막힌 남자한테 시집을 가야 하니?"

"아버지, 어머니도 너무하시지. 내 신랑감을 왜 내 마음대로 고르지 못하는 거니? 이게 말이 되니?"

"난 정말이지 여자로 태어난 게 너무나 서럽구나."

그러다,

"연이야, 나랑 확 도망가 버리지 않으련?"

말이 여기까지 미쳤다. 지금껏 난설헌이 하는 말을 가만가만 들어주던 연이가 단호하게 고개를 저었다.

"피, 인정머리 없는 계집애. 벗이 이렇게 속상해하면 빈말이라도 '그래요, 아씨.' 하면 좀 좋니?"

난설헌이 입을 쑥 내밀었다.

연이는 난설헌과 어릴 때부터 함께 크고 자란 몸종이다. 비록 주인 아씨와 몸종의 신분이지만, 난설헌에게는 속마음을 툭 터놓을 수 있는 유일한 벗이었다. 연꽃을 닮았다 하여 연이라는 예쁜 이름까지 지어 주었다. 몸종 주제에 어울리지 않는 이름을 가졌다며 다른 종들 사이에서 가끔 불만 섞인 목소리가 들렸지만, 난설헌은 아랑곳하지 않았다. 늘 '연이야' 하고 다정하게 불러 주었다. 마치 벗을 대하듯.

입을 삐죽 내밀고 있던 난설헌이 갑자기 벼루에 먹을 갈기 시작했다. 마치 벼루에 화풀이라도 하듯 먹을 쥔 주먹에 힘을 꽉 주고 빠르게 팔을 움직였다. 그런 난설헌을 보며 연이는 고개를 절레절레 저었다. 기쁠 때나 슬플 때나 화날 때나 짜증 날 때나 난설헌이 하는 일은 시를 쓰는 것, 딱 하나였다.

글을 모르는 연이는 시 쓰는 게 뭐가 그리 좋은지 이해하지 못했다. 하지만 이렇게 화날 때 시라도 써서 기분이 풀린다면 세상에서 가장 좋은 일이라는 생각이 들었다. 난설헌은 시를 쓸 때면 늘 입꼬리가 위로 올라갔다. 자신이 쓴 시를 읊고 나면 생그레 웃었다. 연이에게도 금방 지은 시를 곧잘 들려주곤 했다. 연이는 그 시간이 참 좋았다.

난설헌이 쥔 붓이 한지 위에서 거침없이 움직였다. 이렇게 자유롭게 붓을 움직일 날이 얼마 남지 않았다는 걸 난설헌도, 연이도 그때는 미처 알지 못했다.

또다시 시간 여행

'딱 한 번만 다시 피워 볼까?'

자수를 놓는 난설헌의 눈이 아까부터 자꾸 향로로 향했다.

"아얏!"

그러다 결국 바늘에 손을 찔리고 말았다. 난설헌은 피가 나는 손가락을 혀로 꾹 눌렀다. 그러면서도 향로에서 눈을 떼지 못했다.

향로를 피워 신선 세계에 다녀온 지 닷새나 지났지만, 자꾸만 마음이 간질간질했다. 꼭 누가 버들잎으로 간지럼을 태우는 것 같았다. 아무리 생각해도 놀라운 일이었다. 향을 피우는 순간 신선 세계로 가다니!

사실 그날 이후 난설헌은 날마다 향로를 피우고 싶었다. 하지만 어쩐지 조금 두려운 마음이 들었다. 주책맞게 신선의 얼굴이 시도 때도 없이 눈앞에 아른거렸다. 서방님이 아닌 다른 사내를 생각한다는 것. 아무리 신선이라지만 법도에 어긋나는 일이었다. 난설헌은 신선의 허리를 감았던 두 팔을 가만히 내려다보았다. 얼굴이 금세 빨갛게 달아올랐다.

난설헌은 지금껏 누군가에게 연정을 품어 본 적이 없다. 남편 김성립에게 정을 주려고 애쓰지 않았던 건 아니다. 하지만 김성립과는 시집온 첫날부터 관계가 틀어졌다. 이제는 아예 과거 공부를 핑계로 집까지 떠나 있다. 부부라는 말은 허울 좋은 이름일 뿐, 둘은 달포에 한 번 얼굴을 보는 사이가 되어 버렸다.

'신선을 연모해도 되는 걸까.'

난설헌의 머릿속에 문득 이런 생각이 스쳤다. 생각만으로도 또 두 볼이 붉어졌다.

난설헌이 한창 신선 생각에 빠져 있을 때, 허균이 찾아왔다. 난설헌은 마침 잘됐다 싶었다. 자신이 한 신기한 체험을 누구에게라도 털어놓고 싶었다. 연이에게 말할까 싶었지만, 연이가 믿어 줄 리 없었다. 고된 시집살이에 정신이 이상해진 것 아닌가 하고 걱정만 할 게 뻔했다.

하지만 허균이라면? 어쩌면 난설헌이 한 말을 믿어 줄지 모른다. 어려서부터 영특했던 데다 엉뚱한 행동으로 주변 사람들을 놀라게 하던 아이다. 도무지 그 머릿속에 무엇이 들어 있는지 난설헌조차 혀를 내두를 때가 한두 번이 아니었다. 허균이라면 적어도 정신이 이상하다고 손가락질은 하지 않을 것 같았다.

난설헌은 허균이 자리에 앉자마자 에두르지 않고 곧장 말을 꺼냈다.

"나, 신선 세계에 다녀왔다."

누가 들어도 자랑하는 듯한 말투였다. 허균이 잠시 멈칫했다. 그러다 눈을 세 번 빠르게 깜빡이더니 대수롭지 않게 대꾸했다.

"누이야 늘 신선 세계에 다녀오지 않소? 누이 스스로 선녀라고 생각하면서, 뭘 새삼스레."

허균은 난설헌이 농을 건넨다 생각하고 농으로 받아쳤다.

물론 허균 말이 틀린 건 아니다. 난설헌은 자신이 신선 세계에서 잠시 인간 세계로 내려온 선녀라고 생각했다. 시집에서의 생활이 견디기 힘들수록 그런 생각은 더욱 커졌다. 고통을 달래기 위한 난설헌 나름의 방책이었다.

난설헌이 쓰는 시에도 신선 세계를 그린 것이 많았다. 가끔 허균은 난설헌에게 '선녀병'에 걸렸다고 놀리기도 했다. 허균 나름의 위로 방식이었다. 어린 시절처럼 농을 주고받으며 누이를 웃게 해 주려 한다는 걸 난설헌도 잘 알고 있었다.

"꾸며 낸 말이 아니다. 내 몸소 신선도 만나고 왔다니까. 조선에서는 보기 힘든, 무척이나 잘난 분이었다."

허균의 눈썹이 안으로 모였다. 표정도 갑자기 진지해졌다.

'이제야 내 말을 믿는군.'

난설헌은 으스대는 표정으로 허균을 바라보았다. 하지만 허균의 입에서는 뜻밖의 말이 나왔다.

"누이, 혹시 다른 사내를 연모하는 것이오?"

"응? 얘기가 왜 갑자기 그쪽으로 튀니? 지금 중요한 건 내가 신선 세계에 갔다 왔다는 거야. 설마 내 말을 못 믿는 것이냐?"

허균은 한숨을 푹 내쉬었다. 그러더니 고개를 절레절레 저으며 말했다.

"매형이 그런다고 누이까지 딴 데 마음 주고 그러지는 마시오. 안 그래도 요즘 매형이 어느 기생한테 푹 빠졌다고 장안에 소문이 짜하게 퍼졌다오. 나 원, 남우세스러워서. 그래도 어쩌겠소? 미우나 고우나 지아비 아니오? 이번에는 기필코 과거에 붙어야 하지 않겠소? 그러니 누이가 매형 마음 좀 잡게 잘 달래 주는 게 어떻겠소?"

난설헌은 불쑥 화가 났다. 허균까지 다른 사람과 똑같은 말을 할 줄은 꿈에도 몰랐다.

'우리 서방님 제발 과거 공부하지 않게 해 주세요. 날마다 기생집에 드나들며 술이나 퍼마시게 해 주세요.'라고 자신이 부처님께 빌기라도 했단 말인가. 왜 김성립이 과거에 떨어질 때마다 번번이 자신한테 불똥이 튀는지 도무지 이해할 수 없었다.

"쓸데없는 소리할 거면 그만 가 보거라."

난설헌이 팩 토라져 옆으로 돌아앉았다. 기껏 김성립 이야기나 하자고 찾아왔다니, 허균에게 섭섭함이 밀려왔다.

"허허, 참. 하여튼 우리 누이는 아무도 못 말린다니까."

허균이 멋쩍은 웃음을 지으며 자리에서 일어섰다. 난설헌은 방을 나서는 허균에게 눈길조차 주지 않았다.

허균이 나가자마자 난설헌은 한숨을 폭 내쉬었다. 그러다 서안 위에 반듯하게 놓여 있는 박산향로와 눈이 마주쳤다. 향로는 마치 '어서 나를 피워 신선 세계에 다녀오세요.' 하고 말하는 것 같았다. 난설헌의 가슴이 콩닥콩닥 뛰었다.

'또 그 신선을 만나게 될까?'

그 신선을 한 번 더 보고 싶었다. 물어보고 싶은 말도 너무나 많았다.

방금까지 샐쭉한 표정을 짓고 있던 난설헌이 입가에 살포시 웃음을 띠었다. 그러더니 냉큼 향목 가루를 집어 향로 안에 넣었다. 향로에서 스멀스멀 연기가 피어올랐다. 동시에 난설헌의 정신이 아득해졌다. 닷새 전과 모든 게 똑같았다. 이제 곧 신선 세계로 가는 것이다…….

잠시 뒤, 난설헌이 눈을 번쩍 떴다. 동시에 "악!" 소리를 질렀다. 그 신선이다. 그런데 또 죽으려 한다. 구름과 맞닿을 만큼 높은 곳에 서 있는 신선은 금방이라도 아래로 떨어질 듯 위태로워 보였다.

"내가 정말이지 제 명에 못 살지!"

난설헌은 앞뒤 가리지 않고 신선을 향해 뛰었다. 그러고는 또다시 그의 허리를 덥석 끌어안았다.

'밑으로 떨어지게 해서는 절대 안 돼.'

난설헌이 입술을 앙다물었다. 그러다 잠시 신선의 발밑에 눈길이 머물렀다. 얼마나 높이 있는지 정신이 아찔했다. 발밑으로 무언가 빠르게 지나가고 있었다. 고요하던 지난번과 달리 '애애애애앵' 괴상한 소리도 들렸다. 귀청을 뚫을 것 같은 소리에 난설헌은 귀를 틀어막고 싶었다. 하지만 신선을 놓을 수 없었다.

난설헌은 문득 무서워져 감은 팔에 더욱 힘을 주었다. 신선을 안고 있으니 무서운 생각이 조금 달아나는 것도 같았다. 자신이 지금 죽으려는 신선을 구하는 중이라는 건 잠시 잊은 듯했다.

신선, 아니 우진은 갑자기 누군가 다가와 허리를 확 휘어 감는 바람에 깜짝 놀랐다. 너무 놀라 하마터면 앞으로 몸이 고꾸라질 뻔했다. 우진이 자신의 허리를 감은 손을 가만히 내려다보았다.

'이 손, 이 감촉. 낯설지 않아……. 그 여인이다!'

우진이 천천히 고개를 뒤로 돌렸다.

"다, 당신이 왜 여기……?"

지난번에도 불쑥 나타났다 갑자기 사라지더니, 이번에도 마찬가지였다. 신경 쓰지 않으려 해도 지난 닷새 동안 이 여인의 얼굴이 불쑥불쑥 떠올랐다. 알다가도 모를 일이었다. 그래서일까. 놀란 와중에도 반가운 마음부터 먼저 들었다.

난설헌이 천천히 고개를 들었다. 우진과 눈이 마주친 순간, 난설헌은 숨이 꽉 멎는 것 같았다. 신선의 얼굴은 눈이 부시도록 멋졌다. 닷새 전보다 더 멋져 보였다. 난설헌의 볼이 발갛게 물들었다. 난설헌은 부끄러움을 애써 감추며 천천히 입을 열었다.

"신선……님?"

글 도둑

    한참 동안 두 사람은 서로에게서 눈을 떼지 못했다. 물론 우진의 허리를 감은 난설헌의 팔도 그대로였다. 먼저 정신을 차린 건 난설헌 쪽이었다.

    '이런, 내가 또 신선을 끌어안았어!'

    난설헌은 불에 덴 듯 화들짝 놀라며 얼른 팔을 등 뒤로 거둬들였다. 그러고는 우진의 옷자락을 끌어당기며 안전한 곳으로 이끌었다.

    "신선님, 어서 이쪽으로 오시지요. 그곳은 위험합니다."

    그제야 우진도 정신이 들었는지 난설헌의 손을 살짝 뿌리치며 물었다.

    "다, 당신 대체 누굽니까? 내가 여기 있는 줄은 또 어떻게 알고 찾아온 거죠?"

그러다 난설헌 쪽으로 얼굴을 바싹 들이밀었다. 난설헌이 흠칫 놀라 뒤로 한발 물러섰다. 둘 사이에 간격이 한 뼘도 채 되지 않아 숨도 제대로 쉴 수 없었다.

우진이 난설헌의 눈을 가만히 바라보더니 의심스러운 목소리로 물었다.

"혹시…… 내 스토커입니까?"

"스, 스토……커?"

무슨 말인지 알지 못하는 난설헌이 고개를 갸웃했다. 그러다 이내 차분한 목소리로 되물었다.

"신선님이 저에게 던진 질문은 바로 제가 묻고 싶은 말입니다. 당신은 대체 누구인가요? 왜 자꾸 내 앞에 나타나는 거죠?"

"허어, 참. 내 앞에 자꾸 나타나는 게 누군데……."

우진이 잠시 혼잣말을 내뱉더니 팔짱을 척 끼며 고개를 한쪽으로 기울였다. 다소 건방진 자세였다.

"이봐요. 분명히 말해 두는데, 나는 댁한테 눈곱만큼도 관심 없습니다. 그러니 이런 식으로 불쑥 나타나서 남의 허리부터 끌어안으며 희롱하는 일, 다시는 없었으면 합니다."

난설헌의 얼굴이 이번에는 분노로 새빨개졌다.

"지, 지금 희롱이라고 하셨습니까? 귀한 목숨을 구해 준 사람한테 그런 당치 않은 모욕을 주다니. 아무리 신선이라도 그런 언행은 참기 어렵습니다."

우진이 황당한 표정을 지으며 되물었다.

"아니, 지난번부터 왜 자꾸 내 목숨을 구했다고 우기는 겁니까? 게다가 뭐요? 신선?"

"우기다니요? 제 덕에 신선님이 목숨을 구하신 건 틀림없는 사실 아닌가요? 좋아요. 말 나온 김에 물어보지요. 대체 무슨 일이기에 두 번씩이나 죽으려고 하신 거죠?"

우진이 어이가 없다는 듯 눈을 크게 떴다. 그러고는 자신을 손가락으로 가리키며 물었다.

"내, 내가 죽으려 했다고요? 그것도 두 번씩이나?"

난설헌은 고개를 끄덕였다. 눈빛으로는 어서 그 이유를 털어놓으라고 재촉하고 있었다. 우진이 흥분을 가라앉히려 숨을 크게 들이마시었다 내쉬었다. 그러고는 목소리를 낮게 깔며 말했다.

"뭔가 크게 오해하신 모양인데 나, 천주교 신자입니다."

우진이 이마부터 가슴, 양쪽 어깨에 손을 갖다 대며 가만히 십자가를 그었다. 그 행동이 무엇을 뜻하는지 알 리 없는 난설헌은 고개를 갸웃했다.

'천주교 신자? 그게 무슨 뜻이지? 신선 세계에서 쓰는 말인가?'

난설헌은 우진이 하던 몸짓을 어설프게 따라 해 보았다. 그 모습을 보고 우진이 답답한 듯 말을 덧붙였다.

"아직도 못 알아들었습니까? 나는 죽으려 했던 적 없다고요. 아까운 목숨을 왜 끊습니까? 그것도 자기 손으로. 아직 못다 이룬 꿈이 얼마나 많은데!"

난설헌이 별안간 목소리를 높였다.

"어머, 신선도 거짓말할 줄 아시네! 이 두 눈으로 똑똑히 봤는데도 자꾸 거짓을 고하실 거예요?"

난설헌이 또랑또랑한 목소리로 따져 물었다. 눈빛에는 자신감이 어려 있었다.

"스스로 실토하지 않으시니 소녀가 알려드리지요. 신선님께서는 지난번엔 바다에 빠져 죽으려 하셨고, 이번엔 높은 데서 떨어지려 하셨습니다. 아닌가요?"

우진이 눈알을 이리저리 돌렸다. 무언가 떠올리는 듯한 표정이다. 그러다 손가락 두 개를 '딱' 소리 나게 튕기며 외쳤다.

"아, 당신 눈엔 제가 그렇게 보였군요. 그래서 제 허리를 그렇게 꽉 끌어안은 겁니까? 하하, 하하하하⋯⋯. 이건 뭐, 너무 황당해서 웃음밖에 안 나오는군."

우진이 고개를 절레절레 저었다. 그럴수록 난설헌은 더욱 기가 막힐 뿐이었다. 자신을 죽일 듯 노려보는 눈빛을 느낀 우진은 아무래도 안 되겠다 싶었는지 사뭇 진지한 표정으로 입을 열었다.

"자꾸 오해하시니 분명히 말씀드리겠습니다. 나는 죽으려 했던 게 아닙니다. 그러니까 그 강릉 바닷가에서는⋯⋯."

우진은 작가 지망생이다. 무려 10년째 작가를 지망만 하고 있다는 게 함정이지만.

죽어라 글을 써도 아무 곳에서도 그의 글을 원하지 않았다. 이제 곧 서른. 처음에는 아들에게 재능이 있다고 믿던 부모님도 점점 지쳐 갔다. 하고 싶은 것 충분히 해 봤으니 안 될 것은 포기하고 공무원 시험이나 준비하라는 압박이 들어왔다.

우진도 그만 포기하고 싶은 마음이 들었다. 10년 동안 한길만 팠는데도 안 되는 걸 보면 자신에게는 작가로서의 재능이 눈곱만큼도 없는 게 틀림없다고 여겼다. 그래서 강릉 바닷가를 찾았다. 그동안 써 놓은 원고가 담긴 유에스비를 들고.

'미련 없이 바다로 던져 버리리.'

이렇게 마음먹고 팔을 획 내둘렀다. 하지만 우진에게는 곧바로 후회가 파도처럼 밀려왔다.

'안 돼. 이대로 포기할 수 없어! 오로지 돈을 벌기 위해 하기 싫은 일을 억지로 하며 사는 게 대체 무슨 의미야?'

우진은 바다로 뛰어들었다. 어떻게 해서든 유에스비를 찾아야 했다. 그 순간 난설헌이 나타난 것이다. 마치 마법처럼.

난설헌에게는 구질구질한 이야기는 다 빼 버렸다. 그저 아주 중요한 자료가 담긴 유에스비를 실수로 바다에 빠뜨려 건지러 들어간 거라고 대충 둘러댔다.

이야기를 들은 난설헌은 아까처럼 알아듣기 힘든 말이 있었지만, 어쨌든 그때 신선이 죽으려던 것은 아니었다는 걸 깨달았다. 그러자 갑자기 부끄러움이 온몸을 휘감았다. 그런 줄도 모르고 신선의 허리를 그렇게 힘껏 끌어안았으니 그럴 만도 했다. 난설헌이 고개를 살짝 숙였다. 빨개진 얼굴을 들키고 싶지 않았다. 난설헌은 용기를 내 다시 물었다.

"그, 그럼 지금은 왜 이런 높은 데 올라와 아래를 내려다보고 있었나요?"

"아, 그건⋯⋯."

우진이 바닥을 내려다보더니 선뜻 말을 꺼내지 못하고 머뭇거렸다. 난설헌은 우진의 눈길을 따라 자연스레 바닥을 내려다보았다. 하얀색 종이가 어지럽게 흩어져 있었다. 한쪽에는 지난번 바닷가에서 본 황금색 보자기로 싼 물건도 보였다.

난설헌의 시선을 느꼈는지 우진이 재빨리 바닥에 떨어진 종이를 손으로 그러모았다. 그러면서 처음보다 더 딱딱한 어조로 말을 뱉었다.

"알지도 못하는 당신한테 내 사생활을 시시콜콜 말할 의무는 없는 것 같군요. 아무튼 저는 이번에도 죽으려 한 게 아니라는 점을 분명히 말씀드립니다."

물론 죽고 싶을 만큼 창피하긴 했지만. 우진은 이 말은 속으로만 꾹 삼켰다.

오늘 우진은 처음으로 출판사와 미팅을 했다. 대학 동기 안은경의 소개로 한 달 전 모 출판사에 작품을 보냈는데, 만나자는 연락이 온 것이다. 그동안 쓴 작품이 몽땅 담긴 유에스비를 잃어버렸다는 절망도 잠시, 드디어 첫 작품을 계약할지 모른다는 기대와 설렘에 우진은 곧장 출판사로 달려왔다. 택시를 타니 십 분밖에 걸리지 않았다.

하지만 기대는 곧 실망으로 바뀌었다. 출판사는 우진의 작품을 계약할 생각이 조금도 없었다. 단지 안은경의 얼굴을 봐서 직접 만나 거절 의사를 전하려 했을 뿐이었다. 더불어 우진의 작품에서 어디가 문제인지도 콕콕 집어 전했다.

출판사와 이야기를 끝내고 우진은 쓰라린 마음을 안고 출판사 옥상으로 올라왔다. 바로 집으로 돌아갈 기운조차 빠져 버려서, 찬바람을 맞으며 잠시 머리를 식히고 싶었다. 옥상에 오른 우진은 원고를 꺼내 들고 천천히 넘겨 보았다.

"후유, 대체 내 작품이 뭐가 이상하다는 거야? 대형 출판사라더니 콧대 한번 무지하게 높군."

그러고 있는데 거센 바람이 휙 불어왔다. 우진은 그만 손에 든 원고를 놓쳐 버렸다. 금세 종이가 사방으로 흩어졌다. 바로 그때 난설헌이 또다시 나타난 것이다.

"혹시 이게 신선님이 쓴 글입니까?"

난설헌이 바닥에 떨어진 종이 몇 장을 주워 들며 불쑥 물었다.

"엇! 저, 저 주세요!"

우진은 난설헌 손에 든 종이를 낚아채려 허둥지둥 손을 뻗었다. 그 순간, 난설헌이 사라져 버렸다. 연기가 바람에 흩어지듯 감쪽같이.

우진이 눈을 끔뻑끔뻑거렸다. 손으로 눈을 마구 비벼 보았다. 다시 봐도 똑같았다. 방금까지 이야기를 나눈 사람이 그야말로 순식간에 모습을 감춘 것이다.

"이, 이게 뭐야? 내가 지금 꿈을 꾸는 건가?"

우진이 자기 볼을 세게 꼬집었다. 달라지는 풍경은 아무것도 없었다. 우진은 빠르게 원고를 살폈다. 중간에 몇 장이 비어 있었다.

"마, 말도 안 돼. 어떻게 이런 일이……."

* * *

난설헌이 고개를 살짝 흔들었다. 아직 정신이 몽롱했다. 주위를 휘휘 둘러보았다. 시집올 때 가져온 문갑, 한지와 붓이 놓여 있는 서안, 그리고 박산향로. 익숙한 풍경이 눈에 들어왔다. 신선은 어디에도 없었다.

"돌아왔구나."

난설헌이 조그맣게 숨을 내쉬었다. 손에 종이 몇 장이 들려 있었다.

'이리 갑작스레 사라져 신선님이 혹 놀라지 않았을까.'

게다가 이번에는 말도 없이 신선의 글까지 가져왔다. 난설헌은 걱정스러운 눈빛으로 종이를 내려다보았다.

새하얀 종이에는 언문으로 보이는 글자들이 빼곡히 적혀 있었다. 꼭 신선의 얼굴처럼 어느 한 글자 삐뚤어진 데 없이 반듯반듯했다. 역시 신선의 솜씨였다. 난설헌은 감탄을 금치 못했다. (컴퓨터로 썼으니 반듯하지 않으면 이상한 일. 하지만 그걸 난설헌이 알 틱이 없었다.)

난설헌은 신선이 쓴 글을 찬찬히 읽어 내려갔다. 언문이라 여겨 금세 읽을 수 있을 거라 여겼는데, 쉽지 않았다. 자신이 알고 있는 언문과 다른 글자들이 눈에 많이 띄었다. 게다가 도통 그 뜻을 짐작할 수 없는 글자들이 대부분이었다.

"아파……트, 초……능력, 지하……철, 엘, 엘리……베이터……? 이게 다 무슨 뜻일까?"

신선이 하는 말 중 알아듣지 못한 것이 있었던 것처럼 글도 그랬다. 아니, 글은 그보다 훨씬 더 이해하기 힘들었다.

'지금 바로 향을 피워 물어보고 올까.'

난설헌이 향목 가루를 손에 막 쥐려는 순간, 밖에 있던 연이가 허균이 왔다고 알렸다. 조금 전 허균에게 품었던 서운함도 잊고 난설헌의 입꼬리가 위로 쓱 올라갔다. 신선에게서 받아 온 글이 이렇게 눈앞에 떡하니 있으니, 이제 허균도 자신의 말을 믿지 않을 수 없을 거란 생각에 마음이 들떴다.

허균이 머뭇대며 방으로 들어왔다.

"누이, 아까는 말이오……."

난설헌은 허균이 엉덩이를 바닥에 붙이기도 전에 종이를 앞으로 쑥 내밀었다. 허균은 눈썹을 위로 들어 올리며 무슨 영문인지 물었다. 난설헌이 당당하게 말했다.

"신선 세계에서 가져온 글이다. 내 큰맘 먹고 보여 주는 것이니 한번 살펴보아라."

'허어, 참. 또 신선 타령이란 말인가.'

허균은 고개를 절레절레 저었다. 마지막으로 본 누이 표정이 마음에 걸려 다시 찾아왔는데 괜히 왔다 싶었다. 그러다 이내 누이가 많이 외로운 모양이라고 생각했다. 마음 붙일 곳이 없으니 이해하고도 남았다. 게다가 아주 오랜만에 누이에게서 묘한 활력마저 느껴졌다. 이번에는 허균도 누이의 장단에 맞춰 주기로 했다.

"아이고, 이거 영광이오. 훌륭한 누이를 둔 덕에 내가 신선이 쓴 글을 다 읽어 보는구려."

허균은 자리에 앉으며 난설헌에게서 종이를 건네받았다. 처음에는 슬쩍 글자를 쳐다보던 허균의 눈이 점점 커졌다. 얼굴과 종이 사이도 자꾸 가까워졌다. 가끔씩 '으흠', '으응?', '허허' 소리도 냈다. 그렇게 허균은 우진이 쓴 글을 천천히 읽어 내려갔다. 마침내 허균이 종이를 손에서 내려놓았다.

"어떠냐?"

난설헌이 얼른 물었다. 허균은 얼빠진 표정만 지을 뿐 말이 없었다. 난설헌이 손바닥을 펼쳐 허균 얼굴 앞에서 요리조리 흔들었다. 하지만 풀려 버린 허균의 눈동자는 제자리를 찾지 못하고 멍하니 허공만 바라보고 있었다. 난설헌이 서안 밑으로 발을 쭉 뻗어 허균의 다리를 툭 쳤다.

"아, 신선님 글이 어떠냐니까?"

그제야 허균이 난설헌을 바라보았다. 그러고는 금방이라도 침을 줄줄 흘릴 것처럼 입을 떡 벌린 뒤 간신히 소리 내 말했다.

"참으로 새롭소. 서체뿐 아니라 모든 것이 다."

난설헌은 그럴 줄 알았다는 듯 싱긋 웃었다.

"세상에 이 허균이 이해 못 하는 글이 있다는 것도 참으로 놀랍소. 이런 글은 이 조선 땅은 물론이거니와 명나라에서도 보지 못했소. 게다가 이렇게 새하얀 종이라니⋯⋯."

난설헌은 이 와중에도 난체하는 허균을 보고 고개를 가로젓다가, 이내 신이 나 떠들었다.

"훗, 내 그럴 줄 알았다. 이제 내가 신선 세계에 갔다 왔다는 말을 믿겠느냐?"

갑자기 허균의 눈이 반짝 빛났다.

"누이가 신선 세계에 갔다 왔든 아니든, 진짜 신선을 만났든 아니든, 그건 모르겠고. 내 소원 하나만 들어주시오."

'뜬금없이 웬 소원?'

무릎까지 꿇으며 사정하는 허균의 모습에 난설헌이 고개를 갸우뚱했다.

"나도 그 신선이라는 작자, 아니 선생 한번 만나게 해 주시오."

하여튼 글에 대한 욕심은 알아줘야 한다. 허균은 조선 땅에 새로운 서책이 들어왔다는 소문만 들리면 곧바로 가서 그 서책을 구해 읽어야만 발 뻗고 자는 사람이다. 심지어 명나라에 가서도 남들이 다 값비싼 도자기며 비단을 사 올 때, 홀로 서책만 수백 권 사 오는 이였다. 그러니 이런 새로운 글을 보고 그냥 지나칠 리 만무했다.

'이게 아닌데⋯⋯.'

난설헌은 오로지 글에만 관심을 두는 허균을 보는 게 답답했다. 여전히 허균은 신선 세계는 믿지 않는 것 같았다. 그렇다면 직접 겪게 해 주는 수밖에 없었다. 마침 허균도 신선을 만나는 게 소원이라 하지 않는가.

난설헌이 시원스레 대답했다.

"좋다. 아무나 신선 세계에 데려가면 안 되는데, 넌 내 동생이 니까 특별히 크게 인심 쓰는 거다."

난설헌이 향목 가루를 한 움큼 손에 쥐었다. 그러고는 향로에 향목 가루를 천천히 떨어뜨렸다. 허균은 어리둥절한 표정으로 누이가 하는 행동을 가만히 지켜보았다. 불씨를 지피자 향로에 서 스르륵 연기가 피어올랐다.

그 순간, 허균은 갑자기 정신이 몽롱해지는 것을 느꼈다. 눈도 자꾸만 스르륵 감겼다. '어어! 왜 이러지? 왜 이러지?' 하는 참에, 웬 잘난 사내 한 명이 갑자기 눈앞에 떡하니 나타났다.

드러나는 정체

"이, 이건 정말이지, 아…… 말도 안 돼!"

허균은 순간 이동이라도 한 듯 갑작스레 바뀐 공간을 보며 어리 둥절했다. 더구나 눈앞에 진짜 신선이라는 자가 서 있었다. 생김 새로 보나 차림새로 보나 이 세상 사람은 아닌 게 틀림없었다.

'누이 말이 정녕 사실이었단 말인가!'

허균이 난설헌 손을 덥석 잡았다.

"누이, 참으로 고맙소. 내 누이를 평생의 은인으로 알고 꼭 보 답하겠소. 내게 이런 멋진 세계를 보게 해 주다니!"

허균은 흥분했다. 한자리에 가만히 서 있지 못하고 우진의 집 곳곳을 돌아다녔다.

한껏 들뜬 허균과 달리 우진은 얼이 빠진 채 오도카니 서 있었 다. 한복을 곱게 차려입은 여인으로도 모자라 이번에는 갓 쓴 선비까지 갑자기 나타났으니 오죽하랴. 게다가 이 선비, 마치 자기 집 안방처럼 집 안 구석구석을 돌아다니며 매의 눈으로 이것저것 살피고 있다. 그리고 낯선 여인은 뭐가 그리 재미있는지 입가에 웃음을 띠고 있다. 왠지 모르게 으쓱한 표정을 지으면서.

이 황당한 상황을 한동안 넋 놓고 바라보던 우진이 가만히 중얼거렸다.

"내가 아무래도 정신이 나간 거야. 그렇지 않고서는……."

우진이 중얼거리는 소리를 듣고 허균이 그의 코앞으로 바짝 다가섰다. 그러고는 검지를 살며시 들어 올려 우진의 볼을 푹 찔렀다. 세상에서 가장 신기한 걸 관찰하는 듯한 표정이었다.

"뭐, 뭐 하는 짓입니까?"

허균의 갑작스러운 행동에 우진이 펄쩍 뛰었다. 우진은 허균을 피해 재빨리 냉장고 앞으로 갔다. 후다닥 얼음을 꺼내 입속에 넣고 와작와작 깨물었다. 그러면서 자신의 뺨을 손으로 탁탁 쳤다.

"정신 차려, 문우진."

하지만 아무리 눈을 비비고 다시 봐도 낯선 여인과 갓 쓴 선비는 사라지지 않았다. 우진은 숨을 크게 내쉬며 덜컹거리는 마음을 가라앉혔다. 그러고는 조심스레 두 사람 앞으로 다가섰다.

"다, 당신들 대체 누굽니까? 어떻게 이런 말도 안 되는 일을……. 혹시 순간 이동을 하는 초능력이라도 갖고 있는 겁니까?"

허균과 난설헌은 서로를 바라보았다. 허균이 고개를 갸우뚱했다. 난설헌은 어깨를 한 번 으쓱했다. 우진이 하는 말을 도무지 이해할 수 없으니 당연한 반응이었다.

그런 난설헌을 보고 우진은 무언가 퍼뜩 생각났다. 그가 난설헌을 향해 소리쳤다.

"맞다, 내 글!"

갑작스러운 고함에 허균이 어깨까지 움찔하며 놀랐다.

"어이쿠, 그 신선 목청 한번 좋네."

난설헌은 눈을 동그랗게 뜨고 우진을 바라볼 뿐이었다. 죄책감이라고는 눈곱만큼도 없어 보였다. 우진이 다시 소리쳤다.

"일단 당신이 가져간 내 글부터 당장 내놓으십시오. 자세한 사정은 그 뒤에 듣겠습니다."

허균이 손에 든 종이를 쓱 내밀며 물었다.

"아, 혹시 이 글을 말하는 것이오?"

우진이 허균 손에서 종이를 휙 빼앗아 들며 소리쳤다.

"아, 내 새끼! 하나 남은 너마저 빼껴 버린 줄 알고 걱정했는데 무사했구나."

우진은 종이에 얼굴을 비비며 눈물까지 글썽거렸다.

"허, 참. 자기 글을 저렇게 애지중지하는 이가 이 허균 말고 또 있었군."

허균이 고개를 절레절레 저었다. 난설헌은 자꾸만 삐죽삐죽 웃음이 새어 나오는 걸 간신히 참고 있었다. 보다 못한 허균이 나섰다.

"큼큼, 거 눈물겨운 상봉은 이쯤에서 그만하시고. 선생 글에 대해 이야기 좀 나눠 보고 싶소만. 내 이리 새로운 글은 조선 땅에서는 물론이거니와 명나라에서도 보지 못했소."

우진이 고개를 홱 돌려 허균을 바라보았다.

"방금 뭐라 했습니까?"

"무척 새로운 글이라 했소. 이 세상에 문장으로 이 허균을 놀라게 하는 자가 있을 거라고는 예상치 못했거든. 아, 물론 선생 글이 나보다 뛰어나다는 건 아니니 오해는 마시오."

난체하는 허균의 버릇은 우진 앞에서도 고쳐지지 않았다.

"지, 지금 새롭다고 했습니까? 이 글이 말입니까?"

우진이 손에 든 종이 뭉치를 흔들며 물었다. 아까와 달리 목소리가 한껏 높아져 있었다. 허균이 고개를 끄덕였다. 당연한 걸 묻는다는 듯한 표정이었다.

"어디 자세히 좀 말해 보십시오. 이 글의 어디가, 어떻게 새롭다는 겁니까? 이 부분? 아니면 혹시 여기? 여긴가?"

우진이 허균 곁으로 바짝 붙어 섰다. 표정, 목소리 높이만 봐도 우진이 지금 몹시 흥분해 있다는 걸 알 수 있었다. 갑작스레 나타난 두 사람의 정체에 대한 궁금증은 저 멀리 사라지고, 오로지 자기 글에 대해서만 듣고 싶은 것처럼 보였다. 그 모습이 마치 칭찬에 굶주린 어린아이 같았다. 지금껏 자기 글에 대해 상투적이라는 평가만 들어왔으니 어찌 보면 당연한 일이었다.

허균은 갑작스레 친근하게 구는 우진이 부담스러워 옆으로 한 발짝 걸음을 옮겼다. 그렇게 조금 거리를 둔 채 우진과 한참 동안 글에 대해 이야기를 나누었다. 난설헌도 적극적으로 대화에 끼었다.

하지만 어느 순간 우진이 말을 딱 멈추었다. 그러고는 고개를 갸우뚱하며 두 사람을 번갈아 쳐다보았다.

"왜 그러시오?"

허균 역시 고개를 갸우뚱하며 물었다.

"여기, 여기, 그리고 여기, 여기, 여기, 여기. 이게 다 새롭단 말입니까? 이 부분은 이해조차 못 한다고요?"

난설헌과 허균이 동시에 고개를 끄덕였다. 우진이 손바닥으로 이마를 탁 짚었다.

"허어, 참, 이건 초등학생도 이해할 수 있는 말입니다. 당신들 설마 초등학교도 안 나온 건 아니겠지요?"

난설헌과 허균의 시선이 허공에서 딱 마주쳤다. 허균이 난설헌 귀에 대고 속삭였다.

"누이, 초등학교가 뭐요? 혹 성균관보다 들어가기 힘든 데요?"

난설헌은 어깨를 으쓱할 뿐이었다. 그 모습을 본 우진이 손으로 머리를 마구 헝클어뜨렸다.

"아이고, 머리야. 저 사람들이랑 있으니까 내 머리도 이상해지려고 하네. 그래, 처음부터 저런 차림새로 나타난 걸 보고 뭔가 이상하다는 걸 눈치챘어야 하는데. 게다가 어떻게 갑자기 나타났다 눈 깜짝할 새에 사라질 수가 있지? 저 사람들 대체 정체가 뭐야? 아니, 사람이기는 한 거야? 으으으."

집 안을 이리저리 왔다 갔다 하던 우진이 갑자기 우뚝 멈추어 섰다. 머리를 헝클어뜨리던 손도 딱 멈추었다. 그러더니 고개를 홱 돌려 허균을 바라보았다. 우진은 눈을 점점 가늘게 뜨더니 천천히 입을 열었다.

"당신, 아까 나한테 뭐라고 했습니까? 여기 처음 나타났을 때."

허균이 눈동자를 왼쪽 위로 올리며 기억을 더듬었다.

"그 신선 목청 한번 좋네?"

"그거 말고."

우진이 고개를 빠르게 저으며 말을 잘랐다.

"이 세상에 문장으로 이 허균을 놀라게 하는 자가 있네?"

우진의 눈이 조금 커졌다.

"또?"

"이리 새로운 글은 조선 땅에서는 물론이거니와 명나라에서도 보지 못했다고 했소만."

흰자위가 다 보일 정도로 우진의 눈이 커졌다. 우진이 빠르게 혼잣말을 내뱉었다.

"허균? 허균이라고? 그래, 요즘 시대에 균이란 이름이 흔하지는 않지만 있을 수 있지. 허씨도 뭐, 흔한 성은 아니지만 특이한 성도 아니야. 그런데 조선은 뭐야? 명나라는 또 뭐고?"

우진이 다시 허균을 바라보았다. 그러다 옆에 있는 난설헌에게로 눈을 돌렸다. 이번에는 난설헌을 향해 물었다.

"이 사람 이름은 허균이라 치고. 그럼 당신 이름은 뭡니까?"

"음……."

난설헌이 잠시 머뭇거렸다. 그러더니 조심스레 입을 열었다.

"소녀의 이름을 알려드리기 전에 혹 신선님 존함 먼저 알 수 있을까요?"

"하아, 좋습니다. 내 이름은 문우진입니다. 아, 그리고 전부터 자꾸 신선, 신선 하는데, 나는 신선이 아니고 사람입니다. 언젠가 때가 되면 죽는 사람."

난설헌이 고개를 갸웃하며 물었다.

"신선이 아니라고요? 그런데 어떻게 신선 세계에 살지요?"

"허헛, 신선 세계? 여기가 대체 왜? 어디를 봐서?"

우진이 어이가 없다는 듯 주변을 휘휘 둘러보며 헛웃음을 지었다. 방 두 개에, 부엌 겸 거실, 화장실 하나가 전부였다. 신선 세계는커녕 대한민국에서 흔하디흔하게 볼 수 있는 평범한 집일 뿐이었다.

우진이 한 자, 한 자 힘주어 말했다.

"여기는 신선 세계가 아니고 대한민국입니다. 알겠어요? 나는 대한민국에 사는 스물아홉 살 청년이고요. 아무리 내가 잘생겼기로서니 신선으로 오해하는 건 좀 곤란합니다."

허균이 난설헌 귀에 대고 슬쩍 물었다.

"누이, 대한민국이 대체 어디 붙어 있는 나라요?"

난설헌이라고 알 리 없었다. 난설헌이 어깨를 으쓱했다.

"자, 내 소개는 끝났으니 이제 당신 차례입니다."

우진이 난설헌을 보고 재촉했다.

"신선, 아니 선비님이 하는 말을 다 알아듣긴 어려우나 그건 차차 이야기를 나누며 알아가도록 하지요. 내 이름은 초희입니다. 자는 경번이요, 호는 난설헌이지요. 허엽 대감의 막내 여식이자, 여기 있는 균의 누이 됩니다."

"……!"

우진의 입이 떡 벌어졌다. 너무 놀라 말문까지 막혀 버렸다. 도무지 믿을 수 없는 일이 펼쳐지고 있었다.

'허난설헌에, 허균이라니! 역사책에서나 보던 인물이 이렇게 눈앞에 떡하니 버티고 서 있다니!'

물론 두 사람이 하는 말을 정신 나간 사람들이 하는 말이라고 넘겨 버릴 수도 있었다. 하지만 그러기에는 지금껏 경험한 일을 설명할 방법이 없었다. 소설 속에서나 나오는 초능력을 갖고 있지 않는 한, 사람이 그렇게 갑자기 눈앞에 나타났다가 순식간에 사라질 수는 없다.

'설마…… 이게 시간 여행이란 건가? 아니면 글만 쓰다 내가 결국 미쳐 버린 건가?'

우진 머릿속에 이런 생각이 뒤죽박죽 얽혔다.

그가 갑자기 빠른 걸음으로 책장 앞에 다가섰다. 그러고는 눈으로 빠르게 책장을 훑더니 책을 한 권 꺼내 들었다. 우진의 손가락이 부들부들 떨렸다. 우진이 허균 앞으로 책을 내밀며 물었다.

"호, 혹시 당신이 이 책을 쓴 허균 선생입니까?"

책 표지에 '홍길동전'이라고 쓰여 있었다. 허균이 고개를 절레절레 저었다.

"내가 글 쓰는 걸 즐기긴 하나 이런 책은 쓴 적 없소."

우진이 머리를 긁적이며 중얼거렸다.

"아닌가……?"

그러다 재빨리 물었다.

"지금이 몇 년도입니까? 아니, 무슨 해입니까? 당신들이 산다는 그 조선에서."

"무자년입니다만, 그건 왜 묻소?"

"올해 당신은 몇 살이죠?"

"약관의 나이가 됐소만."

우진은 허균의 대답이 끝나자마자 주머니 속에 있던 스마트폰을 꺼내 들었다. 우진은 손가락을 다급히 움직이며 무언가를 빠르게 검색했다.

"허균의 나이 스물이면 1588년이고……. 그럼 이때가 …… 무, 무자년이야……."

무릎이 휙 꺾이면서 우진은 그대로 바닥에 주저앉아 버렸다. 눈동자는 초점 없이 풀리고, 입은 헤 벌어져 있었다.

난설헌과 허균은 우진의 손에 든 스마트폰에서 눈을 떼지 못했다. 허균은 우진 옆에 바짝 붙어 앉아 스마트폰을 슬쩍 건드려 보았다.

"누이, 이리 좀 와 보시오. 이 작은 것 안에 글자와 그림이 빽

빽이 들어차 있소."

난설헌도 허균 옆으로 가 스마트폰을 들여다보았다. 하지만 스마트폰은 금세 화면이 꺼져 버렸다. 깜깜해진 스마트폰을 보며 난설헌과 허균은 또 한번 놀랐다. 허균은 엉덩방아마저 찧었다. 허균이 고개를 가로저었다.

"허허, 참. 대한민국이라는 나라가 대체 어떤 곳이기에 명나라에서도 보지 못한 이런 신기한 물건이 가득한지!"

난설헌도 새삼 집 안을 둘러보며 감탄을 금치 못했다. 지난번 보았던 높은 건물과 빠르게 지나가던 정체불명의 사물들도 떠올랐다.

그때, 우진이 천천히 입을 열었다.

"당신들이 내가 아는 그 허난설헌과 허균이 맞다면, 지금 엄청난 일이 벌어지고 있는 겁니다."

그는 침을 한 번 꿀꺽 삼키고는 말을 이었다.

"당신들은 시간 여행을 하고 있는 거라고요. 미래 세계로! 지금은 2022년, 무자년이 아니라 임인년입니다. 즉, 당신들이 살던 세계에서 무려 400년도 넘게 시간이 흘렀다는 말입니다."

미래로 가는 열쇠

"어어어!"

허균이 갑자기 소리를 질렀다.

"으으으."

어지러움증을 느낀 난설헌도 두 눈을 꼭 감았다. 집으로 돌아올 때면 늘 겪는 일이다. 이럴 때는 눈을 감는 게 그나마 어지러움을 더는 길이라는 걸 난설헌은 잘 알고 있었다. 이런 일을 처음 당하는 허균은 멀뚱멀뚱 눈을 뜨고 있다가 머리가 핑글핑글 도는 걸 느꼈다. '우웩' 헛구역질까지 했다.

마침내 두 사람이 조선 땅으로 돌아왔다. 처음 향로를 피운 바로 그 자리. 난설헌의 방이었다.

"허! 세상에 이런 일이! 누이, 누이 옆에 있소?"

허균이 서둘러 난설헌을 찾았다. 난설헌은 마치 아무 일도 없었다는 듯 서안 앞에 다소곳하게 앉아 있었다.

"누이, 내가 방금 꿈을 꾼 것이오? 이리 와서 내 볼 좀 세게 꼬집어 주시오."

"이제 내 말을 믿겠느냐?"

난설헌이 피식 웃으며 물었다. 허균이 빠르게 고개를 끄덕였다.

"그런데 참으로 이상하구나. 나는 여태 그 선비님이 신선인 줄 알았다. 그런데 미래 세계라니. 너도 들었지? 그 선비님이 마지막으로 한 말을."

"듣다마다요. 그게 무슨 말이냐고 막 입을 떼려는 참에 이리로 오게 된 것 아니오? 그 선생은 분명 지금이 2022년, 임인년이라고 했소."

허균은 무언가 재미있는 일이 벌어지고 있다는 걸 본능적으로 느꼈다. 가슴이 마구 뛰었다.

그러고는 지금껏 난설헌이 경험한 일을 꼬치꼬치 캐물었다. 처음 박산향로를 얻은 때부터 우진을 몇 차례 만나고 온 이야기까지 모두 다 듣고 말 기세였다.

난설헌은 자신이 겪은 일을 차근차근 털어놓았다. 물론 자신이 우진의 허리를 두 번이나 꼭 끌어안았다는 말은 뺐다. 말을 마친 난설헌이 박산향로를 가만히 바라보았다. 허균의 시선도 향로에 머물렀다.

"아무래도 이 향로가……"

"미래 세계로 가는 열쇠인 것 같소."

난설헌의 말을 허균이 받았다. 그 뒤로는 두 사람 다 각자의 생각에 빠져들었다.

잠시 뒤, 허균이 무릎을 탁 치며 소리쳤다.

"옳거니! 지금 상황에 딱 맞는 표현이 떠올랐소!"

"무엇이냐?"

허균이 눈을 반짝 빛내며 답했다.

"누이는 지금, 시간을 앞서 달리고 있는 것이오!"

"시간을 앞서 달린다……?"

듣고 보니 그럴듯했다. 난설헌이 천천히 고개를 끄덕였다.

조선 시대에 시간 여행이라니! 도무지 믿을 수 없는 이 놀라운 일을 두 사람은 너무나도 자연스레 받아들이고 있었다. 여느 양반가와 달리 새로운 문물을 받아들이는 데 거리낌 없던, 개방적인 집안 분위기 덕이었다. 오히려 새로운 문물이라면 더욱 관심을 기울이던 두 사람이다. 그러니 시간 여행이라는 이 듣도 보도 못한 현상을 현실로 받아들이는 것도 두 사람에게는 무리가 아니었다. 무엇보다 자신들이 똑똑히 보고, 직접 경험한 일을 부정할 수도 없는 노릇이었다.

허균이 난설헌 앞으로 바짝 다가앉으며 물었다.

"그 문우진이라는 선생은 어떤 사람이오? 미래 세계 사람이면 뭔가 좀 남다른 점이 있지 않겠소?"

"그래, 남다른 점이 있긴 하지."

난설헌이 고개를 크게 끄덕였다.

"그게 뭐요? 아, 궁금해 미칠 지경이오."

허균이 엉덩이까지 들썩이며 난설헌의 대답을 재촉했다.

"딱 보면 모르겠느냐? 이 조선 땅에 그토록 잘난 사내가 어디 있더냐? 아마 미래 세계에 사는 이들은 모두 용모가 출중한 게 아닐까 싶다."

난설헌이 한 손으로 턱을 받치면서 꿈을 꾸는 듯한 표정을 지었다.

"아니, 그런 것 말고 그 사람의 됨됨이라든가 학식이라든가……. 허허, 참, 됐소. 예부터 얼굴로 사람을 평하면 안 된다 했거늘. 누이는 늘 이런 식이오."

허균은 난설헌의 표정을 보고는 더 물어볼 필요가 없다고 느꼈는지 말을 거두었다. 대신 박산향로를 뚫어져라 바라보았다. 허균의 눈길이 이글이글 타올랐다. 박산향로를 반드시 손에 넣고야 말겠다는 강한 의지가 엿보였다. 서책 말고 허균이 이토록 탐내는 물건은 처음이었다.

하지만 난설헌은 우진을 떠올리느라 허균이 지금 어떤 생각을 하고 있는지 알지 못했다.

＊ ＊ ＊

퍽!

찰진 소리와 함께 우진의 비명이 울렸다.

"아악!"

지금 막 우진 등에서 손을 뗀 안은경이 허리에 두 손을 얹고 서 있었다. 짝다리까지 짚은 자세가 동네 깡패 저리가라였다.

"야, 안은경! 너 자꾸 초인종도 안 누르고 막 들어올래?"

우진이 빽 소리를 질렀다.

"비밀번호 술술 불러 줄 때는 언제고? 맘대로 드나들라고 알려 준 거 아니냐?"

남의 집에 소리도 없이 들어온 안은경이 오히려 큰소리를 쳤다.

"어휴, 내가 너랑 또 술을 마시면 사람이 아니다."

우진이 머리를 마구 헝클어뜨리며 씩씩댔다.

일주일 전, 우진은 안은경과 함께 술을 마셨다. 집 앞 편의점에서 간단히 맥주 한 캔 할 생각에 나간 자리였다. 그런데 그날따라 안은경이 자꾸 '원샷'을 외치며 소주를 먹였다. 안 그래도 술이 약한 우진은 금세 주량을 넘겨 버렸고, 그만 안은경 꼬임에 넘어가 집 비밀번호를 술술 불러 주고 말았다.

"야, 잔소리 그만하고 내놔."

안은경이 우진 앞으로 손을 내밀며 다그쳤다.

"뭐, 뭘?"

큰소리치던 우진이 갑자기 말을 더듬었다. 안은경 눈도 똑바로 보지 못했다.

퍽!

또다시 안은경의 손바닥이 우진 등에 가 닿았다.

"아잇, 왜 때려? 말로 해, 말로! 출판사 편집자라는 사람이 작가를 이렇게 함부로 대하면 되냐?"

"그럼 작가라는 사람은 출판사 편집자 말을 개똥으로 알아들어도 되는 거고요?"

우진이 입을 꾹 다물었다. 그러고는 검지로 책상을 쓱쓱 문지르며 중얼거렸다.

"아무리 급해도 방귀 이야기는 도저히 못 쓰겠다고……."

우진 말에 안은경이 펄펄 뛰었다.

"어휴, 네가 지금 배가 불렀지? 응? 등단도 못 한 작가 지망생한테 원고 맡기느라 내가 편집장한테 얼마나 싹싹 빌었는지 알기나 해? 봐, 내 손금 흐릿해진 거!"

안은경이 두 손바닥을 쫙 펼쳐 우진 코앞에 들이밀었다.

"근데 뭐? 방귀 이야기는 못 쓰시겠다? 그게 말이야, 방귀야? 너, 아이들이 방귀 이야기를 얼마나 좋아하는지 알아? 너 쓰고 싶은 것만 쓰지 말고, 먹고 살 궁리도 해야 할 거 아냐!"

우진이 손가락으로 귀를 꽉 틀어막았다. 어린이책 출판사 편집자로 일하는 안은경이 어렵게 일거리를 얻어 왔다는 건 잘 알고 있었다. 하지만 늘 똑같은 안은경의 잔소리를 그대로 듣고 있기는 힘들었다. 한 번만 더 들었다가는 천 번이 될지도 모른다.

"야, 문우진! 내 말 듣고 있어? 응?"

안은경이 억지로 우진의 귀에서 손가락을 떼어냈다.

갑자기 우진의 눈이 반짝 빛났다.

"맞다. 너한테 줄 원고는 없고, 할 말은 있는데!"

안은경의 심장이 갑자기 빠르게 뛰었다.

'할 말? 이 녀석이 드디어 고백을 하려는 건가.'

안은경이 갑자기 몸을 배배 꼬며 우진 옆구리를 쿡 찔렀다. 지금까지와 달리 말꼬리도 길게 늘였다.

"뭐언데~에?"

우진과 안은경은 대학 동기다. 신입생 오리엔테이션 날 함께 소주 세 병을 사이좋게 나눠 마시고 절친이 되었다. 그렇게 쌓아 온 인연이 벌써 햇수로 10년째. 비극은 그 10년이라는 세월을 우진은 우정으로, 안은경은 사랑으로 기억한다는 것이다.

안은경은 그동안 이어져 온 인연이 끊어질지 모른다는 두려움에 차마 먼저 고백하지 못했다. 대신 우진이 자신에게 고백할 날만을 손꼽아 기다리는 중이다. 그래서 지금처럼 우진이 '할 말'이 있다고 할 때마다 자기 할 말은 새까맣게 잊어버리고 우진의 입만 바라본다. '널 좋아해.' 이 한마디가 나오기를 간절히 바라면서.

하지만 우진의 입에서 나온 첫마디는 안은경의 기대를 산산이 무너뜨렸다.

"아무래도 나, 운명의 여인을 만난 것 같아."

"뭐? 갑자기 무슨 소리야? 너 소개팅했냐? 24시간 글만 써도 모자랄 판에! 네가 아직 매가 고프지? 응?"

안은경이 버럭버럭 소리를 질렀다.

"아니, 아니, 그게 아니라……."

우진은 등짝 스매싱이 또 날아오기 전에 손을 휘휘 내저으며 안은경을 진정시켰다. 그러고는 안은경에게 얼굴을 바짝 들이댔다. 안은경이 숨을 들이마셨다. 우진이 천천히 입을 열었다.

"이건 비밀인데 말이야. 나, 사실…… 허난설헌을 만났어."

안은경이 우진의 가슴팍을 팍 밀쳐 내며 소리쳤다.

"이게 어디서 개수작이야? 괜히 원고 마감 못 지킬 것 같으니까 이제 그런 헛소리까지 늘어놓냐?"

"어휴, 그 성질머리 좀 죽이고 내 말 들어 봐. 내가 진짜 허난설헌을 만났다니까. 너도 알지? 조선 시대 천재 여류 시인. 실제로 보니까 정말 아름답더라. 말 그대로 여신 강림!"

버럭버럭하던 안은경이 숨을 길게 후우 내쉬었다. 그러더니 우진의 이마에 가만히 손을 올렸다.

"열은 없는데…… 약 먹을 시간인가?"

"어허, 참, 진짜라고!"

우진이 재빨리 거실 한쪽에 놓인 삼 단짜리 진열장 앞으로 다가갔다. 그러고는 무언가를 조심스레 꺼내 왔다.

"자, 봐. 내가 허난설헌을 만났단 증거."

우진의 손바닥 위에 자주색 꽃잎 하나가 놓여 있었다.

"이게 뭐냐? 너, 나 몰래 누구랑 소풍 갔다 왔냐?"

안은경이 우진을 매섭게 쏘아보았다. 우진이 목소리를 가다듬으며 천천히 입을 열었다.

"허난설헌이 쓰고 있던 화관에서 떨어진 꽃잎이야. 근데 진짜 신기하더라. 방금 자료를 찾아봤더니 허난설헌이 시를 쓸 때마다 향을 피우고 화관을 썼대. 그런데 내 눈앞에 처음 나타났을 때 진짜로 예쁜 화관을 쓰고 있더라니까!"

"쯧쯧쯧, 중증이네, 중증이야. 문 작가님, 제발 꿈에서 깨시고 방귀 이야기나 빨리 마무리해서 넘기세요. 아셨죠? 마지막 기회입니다. 이번에도 약속 안 지키면 이 안은경이가 무슨 짓을 할지 몰라요!"

안은경이 우진에게 윽박지르고는 홱 뒤돌아 가 버렸다.

"진짠데……."

우진은 손에 든 꽃잎을 코앞으로 가져가 숨을 들이마셨다. 난설헌에게서 나던 향기가 어렴풋이 나는 것 같았다.

난설헌을 처음 본 그날, 난설헌이 갑작스레 사라진 자리에 이 꽃잎 하나가 떨어져 있었다. 우진은 자기도 모르게 꽃잎을 지갑 속에 끼워 넣었다. 그냥 버리고 싶지 않았다. 이상하다는 생각이 들면서도 그 여인에게서 왠지 모르게 신비한 기운이 느껴졌다. 그리고 그 느낌이 맞아떨어졌다는 걸 조금 전 확인했다.

우진은 진열장 앞으로 다가가 유리문을 열고 조심스레 꽃잎을 도로 올려놓았다. 그 옆에는 고등학생 때 글짓기 대회에서 받은 상장이 놓여 있었다. 우진의 입꼬리가 금세 위로 쓱 올라갔다.

"경사 났네, 경사 났어!"

"우리 마을에도 드디어 작가 선상님이 나오시는 건가! 오메,

우리 우진이 참말 대단하구마잉!"

"암만! 누구 아들인디! 저 녀석이 만날 책만 들여다보고 있어 구박혔더니 이리 큰 인물이 될라고 그랬다니께! 하하하하."

마을 어른들과 아버지가 신이 나 떠들던 소리가 어제 일처럼 생생하게 떠올랐다.

열여덟 살 때, 우진은 전국 숲 사랑 글짓기 대회에서 장관상을 받았다. 마을 주민이라고 해 봐야 백 명이 채 될까 말까 한 작은 산골 마을에서 우진이 받은 상은 큰 화젯거리였다. 동네에 현수막이 붙고 잔치도 벌였다. 부모님은 물론 마을 어른들 모두 미래의 대작가가 나왔다며 흥분했다.

우진 역시 뛸 듯이 기뻤다. 그 순간부터 작가가 될 거라는 믿음이 흔들린 적은 한 번도 없었다. 그렇게 지금껏 글을 써 왔다. 하지만 꽃길만 펼쳐질 거라 믿었던 그 길은 점점 자갈밭, 모래밭으로 변했고 지금은 완전히 가시밭길이 되어 버렸다.

우진은 자신의 원고가 거절당할 때마다 이 상장을 보며 마음을 다잡았다. 하지만 그게 몇 년째 이어지니 커다란 바위처럼 절대 흔들리지 않을 것 같던 마음도 조금씩 흔들리기 시작했다. 그때 우진에게 다시 희망을 불어넣어 준 게 있었다. 우진은 상장 옆에 놓여 있는 금빛 물건을 가만히 바라보았다.

"너라도 붙들고 있지 않았으면 벌써 포기했을 거야."

자연스레 처음 그 물건을 발견했던 날이 떠올랐다.

그날도 잔뜩 기대했던 원고를 거절당해 눈앞이 캄캄하던 때였다. 좌절해 있는 우진에게 안은경이 소원을 이뤄 주는 탑이 있다는 산을 알려줬다.

"그 소원탑 앞에 가서 온 마음을 다해 기도하면 반드시 소원을 이룬대. 특히 글복이 기가 막힌다더라!"

평소 온갖 무속신앙과 미신을 섭렵하고 있는 안은경이 어디서 또 소문을 물고 온 것이다. 말도 안 되는 이야기라 여기면 그뿐이지만, 그때 우진은 지푸라기라도 붙잡고 싶은 심정이었다. 그래서 곧장 그 산으로 달려갔다.

소원탑까지 가는 길이 쉽지만은 않았다. 오르막과 내리막을 쉼 없이 반복하며 네 시간을 걸은 끝에 드디어 소원탑 앞에 이르렀다. 사람들이 쌓아 놓은 돌멩이가 소원탑 앞을 가득 메우고 있었다. 우진은 가장 반질반질한 돌멩이를 찾기 위해 주변을 두리번거렸다. 그러다 소원탑 바로 밑에 무언가가 빼꼼 나와 있는 것을 발견했다.

호기심에 흙을 살살 파 보았다. 파묻혀 있던 물건이 모습을 드러내는 순간, 우진은 눈을 질끈 감았다. 순간적으로 번쩍 빛이 났기 때문이다. 우진은 눈을 비비고 다시 그 물건을 살폈다.

뚜껑과 몸통이 분리된 향로였다. 한눈에 봐도 무척 오래된 물건처럼 보였다. 한때는 휘황찬란하게 빛났을 금빛도 많이 바래 있었다. 하지만 우진의 눈에는 이 향로가 예사로 보이지 않았다. 소원탑 밑에 묻혀 있는 물건이라 생각해서인지 향로에서 상서로운 기운이 느껴지는 것 같았다.

우진은 향로를 조심스레 꺼냈다. 매일 소원탑에 올 수 없으니 이 향로를 가져가야겠다고 마음먹었다. 옆에 두고 날마다 소원을 빌면 반드시 이뤄질 것 같다는 동화 같은 믿음이 생겼다. 꼭 알라딘의 요술램프를 얻은 기분이었다.

그 뒤로 우진은 중요한 일이 있을 때면 늘 이 향로를 가지고 다녔다. 향로와 딱 어울리는 황금빛 보자기에 싼 채였다. 소원탑의 존재를 알려 준 안은경마저 피식 비웃었지만, 아랑곳하지 않았다. 그만큼 꿈을 향해 달려가는 우진은 절박했다.

글을 써서 처음으로 받은 상장과 소원을 이뤄 주리라 믿는 향로, 그리고 난설헌이 남기고 간 꽃잎이 그렇게 우진의 집에 나란히 모였다.

"참, 마저 봐야지!"

우진이 진열장 앞에서 물러나 컴퓨터 앞에 앉았다. 검색창에는 여전히 '허난설헌'이 적혀 있고, 화면에는 난설헌에 대한 자료가 주르륵 떠 있었다. 우진은 안은경이 오기 전 읽다 만 자료를 얼른 끝까지 읽어 보았다.

"헉!"

놀란 우진이 다른 글을 클릭했다. 또 다른 글, 또 다른 글. 인터넷에 있는 자료를 하나, 하나 읽을 때마다 우진의 표정이 점점 어두워졌다. 혹시 놓친 이야기가 없는지 샅샅이 살피던 우진이 한참 뒤 마우스에서 손을 뗐다. 그러고는 얼빠진 표정으로 멍하니 컴퓨터 화면만 응시했다.

화면 속에는 머리에 화관을 쓰고 향을 피운 채 시를 쓰고 있는 난설헌의 초상화가 떠 있었다. 그 모습이 왠지 한없이 쓸쓸해 보였다. 우진은 오래오래 그 초상화를 바라보았다.

창밖에 떠 있는 달이 서서히 구름에 가려지고 있었다. 어둠이 금세 주위를 삼켰다.

시간을 달리다

"누이는 지금 시간을 앞서 달리고 있는 것이오!"

흥분해서 외치던 허균의 목소리가 아직도 난설헌의 귓가를 맴돌았다. 허균과 함께 미래 세계를 다녀온 지 하루가 지났지만, 여전히 알 수 없는 것투성이였다.

"시간을 달린다……."

난설헌은 허균이 했던 말을 천천히 내뱉어 보았다.

그렇다. 난설헌은 400년도 더 지난 뒤에 태어날 사람하고 눈을 맞추고, 이야기를 나누었다.

'어떻게 나에게 이런 일이 생겼을까.'

직접 겪고도 도무지 믿을 수 없는 일이었다. 난설헌은 박산향로를 찬찬히 쓰다듬으며 생각에 잠겼다. 생각은 흘러 흘러 자연스레 우진에게 이르렀다.

'왜 매번 향로는 나를 그분에게로 데려가는 걸까. 별처럼 흩어져 있는 수많은 사람 가운데 왜 하필 그 사람을 만나게 됐을까. 우리 둘 사이에 무언가 보이지 않는 실이라도 연결돼 있는 걸까…….'

향로가 미래 세상에 데려다준다는 건 알아냈지만, 여전히 풀리지 않는 의문이 가득했다. 연이의 다급한 목소리가 난설헌의 생각을 끊었다.

"아씨, 서방님 오십니다."

연이 목소리가 심상치 않았다. 곧이어 김성립이 소리치는 소리가 들렸다.

"하늘 같은 서방님이 왔는데 어찌 네 아씨는 코빼기도 비치지 않는 것이냐?"

이미 목소리에 술기운이 가득했다.

달포에 한 번씩 돌아오는 합방일. 김성립은 그때마다 늘 술에 의지한 채 난설헌을 찾아왔다. 맨정신으로 난설헌을 마주 볼 배짱마저 잃어버린 것일까. 오늘이 바로 그날임을 난설헌은 까맣게 잊고 있었다. 아니, 잊고 싶었는지 모른다.

난설헌은 더 시끄러워지기 전에 천천히 자리에서 일어섰다. 김성립이 문을 벌컥 열고 들어섰다. 난설헌이 가만히 김성립과 눈을 맞추었다. 김성립이 재빨리 눈을 피했다. 술에 취한 와중에도 난설헌을 불편해하고 부담스러워하는 기색이 역력했다. 밖에서 큰소리치던 모습은 온데간데없이 사라져 있었다.

혼례를 올린 첫날부터 두 사람 사이는 이미 이렇게 되리라 예정돼 있던 걸까. 어쩌면 난설헌이 김성립에게 자신이 쓴 시를 건넨 바로 그 순간, 모든 게 꼬여 버렸는지도 모른다.

"서로 원했든 그렇지 않든 우리는 이제 부부의 연으로 이어졌습니다. 이를 기념해 시를 한 수 적어 보았으니 잘 간직해 주시지요."

지금 생각하면 괜한 짓을 했다 싶지만, 혼례를 올린 첫날 난설헌은 꽤 진지했다.

한지에 적힌 글을 한 자, 한 자 읽던 김성립의 눈이 점점 커졌다. 그리고 지금껏 난설헌을 보며 헤실헤실 웃던 얼굴에 순식간에 그늘이 드리워졌다. 소문으로 들어 알고 있던 부인의 재능을 두 눈으로 마주한 순간, 그의 가슴에는 자랑스러움이 아닌 못난 열등감이 싹텄다.

"서방님께서 답시를 한 수 지어 주셔도 좋고요."

왠지 자신을 낮추어 보는 듯한 말투. 난설헌이 덧붙여 뱉은 그 말에 김성립은 몸을 떨었다. 그리고 부인의 존경을 받는 지아비가 되고자 했던 소망을 던져 버렸다. 그 뛰어난 시에 감히 어떻게 답시를 쓴단 말인가. 조선 땅에서 가장 못난 사내가 됐다는 자괴감이 김성립을 덮쳤다.

둘 사이는 그렇게 처음부터 삐걱거렸다. 맞지 않는 신에 억지로 발을 구겨 넣은 것이나 마찬가지였다.

"후우!"

김성립이 촛불을 휙 불어 껐다. 어둠은 잔뜩 움츠러든 그에게 그나마 남아 있는 자신감을 불어넣어 주었다. 김성립이 거칠게 난설헌을 안았다. 난설헌은 입술을 꽉 깨물었다. 그러고는 조용히 김성립 손에 자신의 몸을 맡겼다.

어서 이 순간이 빨리 지나가기를. 난설헌은 속으로 빌고, 또 빌었다.

끔찍한 밤이 지났다. 난설헌이 눈을 떴을 때 김성립은 이미 가고 없었다. 오로지 김씨 집안의 대를 이어야 한다는 의무감 하나로 달포에 한 번 자신을 찾아오는 서방이나, 눈 질끈 감고 그에 응하는 자신이나 따지고 보면 애처롭기는 매한가지였다.

'선이와 윤이를 그렇게 허망하게 보내지만 않았어도……'

불쑥 눈물이 터져 나오려 했다. 난설헌은 입술을 꽉 깨물었다.

'이 생각을 어서 떨쳐 버려야 해. 그러지 않으면 또다시 무너져 내릴지 몰라.'

하지만 소용없었다. 기억의 소용돌이가 난설헌을 와락 덮쳤다. 그 속에서 빠져나오려 하면 할수록 난설헌은 더욱 깊게 그날의 기억 속으로 빨려 들어갔다.

＊ ＊ ＊

"아, 아씨! 애, 애, 애기씨가……. 우리 애기씨가……."

연이가 하얗게 질린 얼굴로 방에 뛰어 들어오며 소리쳤다. 연이는 말을 채 잇지 못하고 울음을 터트렸다.

"흑흑, 우리 애기씨 어떡해요……."

난설헌의 가슴이 철렁 내려앉았다.

"무, 무슨 일이냐? 울지 말고 차분히 말해 보아라."

"서, 선이 애기씨가 요 앞 연못가에서 놀다가 그, 그만 물에 빠져서……."

"물에 빠져? 그래, 지금 우리 선이는 어디 있느냐? 누군가 구해 주었겠지?"

난설헌이 다급히 물었다.

"그, 그게……. 한 식경이나 지나 알아차린 바람에 모, 목숨을 구하지 못했다 합니다. 어흐흐흑."

연이가 더 말을 잇지 못하고 바닥에 철퍼덕 주저앉아 눈물을 쏟았다. 난설헌이 발딱 일어섰다. 그러더니 연이를 향해 처음으로 벼락같은 호통을 내리쳤다.

"말도 안 되는 소리 하지 말아라. 집 안에 사람이 몇인데 우리 선이 하나 제대로 돌보지 못했단 말이냐? 내 이 두 눈으로 똑똑히 확인하고 올 것이다. 연이 너는 허튼소리 한 대가를 단단히 치를 각오나 하고 있거라!"

난설헌이 급히 밖으로 나갔다. 이미 바깥은 곡소리로 가득했다. 연못 주변으로 사람들이 빼곡히 모여 있었다. 난설헌이 그 틈을 헤치고 앞으로 나아갔다. 난설헌을 알아본 사람들이 슬금슬금 옆으로 비켜섰다.

"허억!"

연못 앞에 다다른 난설헌은 혼이 쏙 빠져나갈 것 같은 충격을 받았다. 물가에 자신의 고운 딸 선이가 누워 있었다. 백옥처럼 곱던 얼굴은 새파랗게 질려 있고, 앵두처럼 새빨갛던 입술에는 칙칙한 보랏빛이 감돌았다. 그건 한눈에 봐도 차갑게 식은 시체였다.

난설헌이 무릎으로 기어 선이에게 다가갔다. 그러고는 선이의 뺨을 정신없이 어루만졌다.

"서, 선아…… 눈 좀 떠보거라. 왜 차가운 바닥에 누워 있느냐? 어미가 왔다. 어서 눈을 떠보거라, 아가……."

"아씨! 으흐흐흐흑."

어느새 달려온 연이가 난설헌의 등을 감싸 안고 울음을 터트렸다. 난설헌의 입술이 바들바들 떨렸다.

"여, 연이야, 이게 말이 되느냐? 이럴 수는 없다. 하늘이 나에게 이럴 수는 없어."

그리고 하늘을 올려다보며 소리쳤다.

"천지신명님, 어디 내 말이 들리면 대답 좀 해 보시오. 꼭 이렇게까지 해야만 했소? 이 어린것이 무슨 죄가 있다고. 차라리 나를 데려갈 것이지! 으아아아아! 으흐흐흐흐흑……."

난설헌이 가슴을 탕탕 치며 울부짖었다.

그때, 송씨 부인의 카랑카랑한 목소리가 들렸다.

"하다 하다 이제 자식까지 잡아먹었구나."

울부짖던 난설헌이 울음을 뚝 멈추었다. 그러고는 텅 빈 눈으로 송씨 부인을 올려다보았다. 송씨 부인은 마치 선이를 죽인 이를 보듯 매서운 눈초리로 난설헌을 쏘아보고 있었다. 눈 속에 원망이 가득 담겨 있었다.

"하아……."

난설헌은 그대로 정신을 잃었다.

그날 송씨 부인은 자식 잃은 어미에게 결코 해서는 안 될 말을 뱉었다. 까무룩 정신을 잃으면서도 난설헌은 평생 시어머니를 용서할 수 없을 거라는 생각이 들었다.

불행은 여기서 끝이 아니었다. 해가 바뀐 지 얼마 지나지 않아 난설헌은 아들마저 잃었다. 딸을 잃은 슬픔을 채 추스르지도 못한 때 닥친 불행이었다. 아들 윤이는 홍역에 걸린 지 이레 만에 세상을 떠났다.

"하하하, 하하하하."

난설헌이 문간에 앉아 웃음을 터트렸다. 머리는 풀어헤치고 속곳 차림 그대로였다. 난설헌의 웃음소리에 깜짝 놀란 연이가 얼른 달려왔다.

"아이고, 아씨. 여기서 왜 이러고 계셔요? 이러다 고뿔 걸리겠어요. 배 속 애기씨까지 잘못되면 어쩌려고 그러세요? 어서 들어가세요. 네?"

방금까지 웃던 난설헌이 연이를 힐끔 쳐다보더니 금세 물기 어린 목소리로 말했다.

"그래, 내가 고뿔에 걸리면 안 되지. 이 아이마저 잘못되면 안 되지, 그렇지."

연이 눈에도 어느새 눈물이 고였다.

"아이고, 아씨. 아무리 마음이 아파도 정신까지 놓으시면 안
돼요. 그럼 우리 선이 애기씨랑 윤이 도련님이 얼마나 슬퍼하시
겠어요? 네? 애기씨랑 도련님을 생각해서라도 마음 단단히 먹
으세요."

"선이…… 윤이……."

난설헌은 아이들 이름을 가만히 중얼거렸다. 그러다 갑자기 벌
떡 일어서더니 성큼성큼 방으로 걸어 들어갔다. 연이도 얼른 난
설헌 뒤를 따랐다.

난설헌이 서안 위에 한지를 펼쳤다. 벼루와 붓도 꺼냈다. 이내
붓을 들어 한지 위에 시를 써 내려갔다. 두 아이를 잃고 단 한 번
도 들지 않던 붓이었다.

연이는 마음이 조금 놓였다. 한지 위에 한 자, 한 자 적어 내려
가는 저 시구가 난설헌의 정신을 온전히 붙잡아 놓기를 바랐다.

한참을 정성 들여 시를 쓰던 난설헌이 가만히 붓을 내려놓았
다. 그러고는 연이를 보고 말했다.

"한번 들어 볼래?"

"예, 아씨, 들어 보다마다요. 제가 얼마든지 들어 드릴게요. 그
러니 아씨는 부디 정신 놓지 마시고, 지금처럼 이렇게 시를 쓰세
요. 저는 아씨가 쓴 시가 이 세상에서 가장 좋아요."

난설헌이 천천히 입을 열었다. 그날 아주 오랜만에 난설헌이

시 읊는 소리가 은은하게 울려 퍼졌다.

지난해 사랑하는 딸을 잃고,
올해는 사랑하는 아들 잃었소.
서럽고도 서러운 광릉 땅이여,
두 무덤 마주 보고 나란히 솟았구려.
백양나무 가지 위 바람 쓸쓸히 불고,
도깨비 불빛만 무덤 위에 번뜩인다.
지전을 살라 너희들 혼백 부르고,
무덤 앞에 물 부어 제사 지내네.
가엾은 남매의 외로운 영혼,
밤마다 서로 어울려 노닐겠구려.
뱃속에는 어린애 들었지만,
어떻게 무사히 기를 수 있을까.
하염없이 황대사를 읊조리다 보니,
통곡과 피눈물로 목이 메이네.

그 뒤로 난설헌은 자리를 털고 일어섰다. 하지만 내내 따라붙던 불안은 끝내 현실이 되고 말았다. 배 속 아이마저 잃고 만 것이다. 난설헌은 연이어 세 아이를 잃은 충격과 슬픔을 간신히 억누른 채 하루하루를 살았다. 아니, 죽을힘을 다해 견뎌 내었다.

문갑 깊숙한 곳에 여전히 그 시가 들어 있었다. 난설헌은 그날

이후 그 시를 다시는 꺼내 보지 않았다. 아이들에 대한 그리움과 미안함은 그저 가슴 속에 켜켜이 쌓아 둘 뿐이었다. 그런데 지금 미친 듯이 괴로움이 밀려오고 있었다.

"후우……."

난설헌이 크게 숨을 내쉬었다. 깊은 구덩이에 빠진 스스로를 건질 무언가가 절실히 필요했다. 난설헌이 황급히 주변을 훑었다. 그러다 서안 위에 눈길이 가 멈추었다.

'그래, 나에게 저것이 있었지.'

난설헌이 향로를 가만히 바라보았다. 향로 덕분에 머릿속에서 아이들 생각을 밀어내는 데 성공했다.

난설헌은 서안 위를 손가락으로 톡톡 두드렸다. 어느새 골똘히 생각에 잠겼다. 하지만 생각을 거듭해도 여전히 풀고 싶은 문제의 답은 찾을 수 없었다. 대체 어떤 연유로 이 조그만 향로가 자신을 미래 세계로 데려가는지, 그러다 예상치 못한 때에 왜 갑자기 집으로 돌아오게 되는지 도무지 알 수 없었다.

난설헌은 차근차근 머릿속에 떠오르는 생각을 정리해 보았다.

'향을 피우면 그 선비님에게로 간다. 그리고 돌아오면 향은 늘 꺼져 있다. 그렇다면……?'

가장 풀기 쉬운 것부터 하나씩 풀어 보기로 했다. 난설헌이 연이를 불렀다.

"연이야, 오늘은 몸이 좀 안 좋구나. 내가 부르기 전까지는 방에 들어오지 말거라. 혹 어머님께서 찾으시더라도 네가 알아서 잘 이야기해 주고. 알았지?"

"아씨, 어디 불편하세요? 혹 어제 서방님께서 너무 거칠게……."

연이는 더 말을 이으려다 얼른 입술을 안으로 말아 넣었다. 아무리 벗처럼 편히 대해 준다 해도 자신이 모시는 아씨에게 이런 말을 묻는 건 법도에 어긋나도 한참 어긋나는 일이었다.

"걱정할 것 없다. 이만 좀 눕고 싶구나."

난설헌이 이마에 손을 짚으며 말했다.

"예, 아씨. 저는 그럼 이만 물러가 보겠습니다. 필요한 것 있으면 바로 부르시고요."

연이가 자리를 떴다.

난설헌은 멀어지는 연이의 기척을 들으며 향로를 바라보았다. 향을 피우기 전 잠깐 면경에 얼굴을 비춰 보며 매무새를 다듬었다. 그러고는 향목 가루를 두 손 가득 움켜쥐었다. 평소보다 훨씬 더 많은 양이었다.

'한번 더 해 보는 거야. 내 생각이 맞는지 확인하고 말겠어.'

난설헌이 향로 뚜껑을 열어 향목 가루를 넣었다. 뚜껑에 뚫린 구멍 사이로 향이 스멀스멀 피어올랐다. 난설헌의 눈도 서서히 감겼다.

잠시 뒤, 눈을 번쩍 뜨자 눈앞에 우진의 얼굴이 보였다.

두 사람 사이는 고작 한 뼘쯤 떨어져 있었다. 우진이 내쉬는 숨결이 난설헌에게 그대로 느껴졌다.

갑자기 나타난 난설헌을 보자 우진의 눈이 휘둥그레졌다. 그러더니 그대로 난설헌의 몸을 확 당겨 와락 끌어안았다. 세상이 마치 멈추기라도 한 듯 두 사람은 꿈쩍도 하지 않았다. 400년이 넘는 시간의 차이도 두 사람 앞에서는 아무 소용없는 것처럼 보였다.

얼마나 보고 싶었던가. 얼마나 가여웠던가. 우진은 난설헌의 정체를 알게 된 뒤 머릿속에서 그녀에 대한 생각을 떨쳐 낼 수 없었다. 그 가엾은 여인을 다시 보지 못할까 봐 두려웠다. 그런데 그 여인이 지금 눈앞에 있지 않은가!

난설헌을 안은 우진의 팔에 더욱 힘이 들어갔다. 쿵쿵 뛰는 우진의 심장 박동이 난설헌에게 그대로 전해졌다. 난설헌의 심장도 덩달아 빠르게 뛰었다. 난설헌은 우진을 차마 뿌리치지 못하고 그대로 있었다.

얼마나 시간이 흘렀을까.

위이이잉. 갑자기 울린 스마트폰 진동 소리에 우진이 화들짝 놀라 난설헌에게서 몸을 떼어 냈다. 우진이 스마트폰 메시지를 확인한 뒤 이를 빠드득 갈았다.

"아우, 진짜. 그놈의 방귀 타령."

마감을 독촉하는 안은경의 메시지였다.

우진이 스마트폰을 보는 사이 난설헌도 몸을 돌리며 하릴없이 옷매무새를 가다듬었다. 어색한 공기가 두 사람 사이를 가득 메웠다. 우진은 어색함을 풀어 보려 애쓰며 서둘러 말을 꺼냈다.

"하, 하하. 마, 많이 놀라셨죠? 음, 설헌 씨는 잘 모르겠지만, 설헌 씨라고 불러도 되죠? 에, 여기 2022년에서는 말입니다. 오랜만에 만난 사람끼리는 이렇게 포옹을 하고 그럽니다. 아, 그러니까 포옹이 뭐냐? 이렇게 살포시 안는다는 말이죠. 하, 하하."

우진은 부디 속아 넘어가 주기를 바라는 마음을 가득 담아 난설헌을 바라보았다. 난설헌의 표정이 딱딱하게 굳었다.

"아, 그렇습니까? 잘 알겠습니다. 그런데 살포시 안았다고 하기에는 좀 무리가 있었던 것 같습니다."

마치 따지는 듯한 말투였다. 우진은 더욱 당황해 난설헌을 향해 고개를 꾸뻑 숙였다.

"어이쿠! 제, 제가 이래 보여도 힘이 좀 세서……. 불쾌하셨다면 죄송합니다."

"훗."

난설헌이 이번에는 소리를 내어 웃었다. 우진도 슬며시 고개를 들었다. 개구쟁이처럼 웃고 있는 난설헌을 보고 그제야 장난인 걸 알아차렸다. 그도 피식 웃음이 나왔다. 둘은 그렇게 서로의 웃는 얼굴을 한참 동안 바라보았다.

"참, 오늘은 제가 하고 싶은 것이 있습니다."

난설헌이 갑자기 손뼉을 딱 치며 말했다.

"그게 뭡니까? 설헌 씨가 원하는 거라면 뭐든지 다 해 드리겠습니다."

'이렇게 다정한 사람이었던가…….'

난설헌은 처음 만났을 때와는 완전히 다른 사람처럼 구는 우진을 보며 또 살포시 웃어 보였다. 자신의 눈빛과 표정, 말 한마디, 한마디에 반응하는 우진에게 자기도 모르게 자꾸 마음이 끌렸다. 자신을 이처럼 다정스레 대하는 남자는 오라버니 말고는 처음이었다.

"미래 세상이 궁금합니다. 2022년이라고 하셨죠? 내가 살던 세상에서 400년이나 더 지난 시대는 어떤 모습일지 보고 싶습니다."

"아, 그거야 어렵지 않죠. 제가 바로 모시겠습니다. 그런데 지난번처럼 또 갑자기 사라져 버리는 건 아니⋯⋯겠죠?"

우진이 불안한 눈빛으로 물었다.

"음, 아마도 갑자기 사라져 버리기는 하겠지만⋯⋯."

난설헌 말에 우진의 입꼬리가 금세 밑으로 축 내려갔다. 하지만 이어지는 말에 다시 입꼬리가 위로 솟았다.

"이번에는 좀 더 오래 있을 수 있을 거예요."

난설헌은 두 손 가득 넣은 향목 가루가 부디 오래오래 향을 피워 내기를 바라며 말했다.

"좋습니다. 그럼 미래 세상으로 가 봅시다!"

우진이 잔뜩 들뜬 목소리로 외쳤다.

"후우."

난설헌이 숨을 크게 몰아쉬었다. 그러고는 우진을 따라 천천히 밖으로 발을 내디뎠다.

문을 열자마자 쏟아지는 햇빛에 눈이 부셨다. 마치 또 다른 세상으로 가는 문이 열리는 것 같았다. 설렘 반, 두려운 마음이 반이었다. 하지만 햇살 아래서 해사하게 웃고 있는 우진을 보니 어느새 두려움은 사라지고, 마음이 편안해졌다. 왠지 모르게 기분 좋은 일이 생길 것 같은 예감이 들었다. 난설헌은 조금의 망설임도 없이 미래 세계 속으로 성큼 발을 내디뎠다.

원하는 걸 할 수 있다는 것

예상은 했지만, 상상 이상이었다. 조선과는 너무나도 다른 거리 풍경에 난설헌은 벌어진 입을 다물지 못했다. 특히 눈 깜짝할 새 앞을 쌩하고 스쳐 지나가는 네모난 물건은 봐도 봐도 적응이 되지 않았다.

우진이 난설헌의 표정을 세심하게 살피며 얼른 말을 붙였다.

"설헌 씨, 놀라지 마세요. 저건 자동차라는 겁니다. 저건 버스, 저기 가는 건 택시. 음, 그러니까 조선 시대로 치면 가마나 말 같은 거지요."

"그렇군요. 저렇게 빨리 달리는 걸 타면 어지럽지 않은지……. 으악!"

잘 걸어가던 난설헌이 갑자기 소리를 질렀다.

"설헌 씨, 왜 그러세요? 어디 불편하십니까?"

우진이 재빨리 난설헌 쪽으로 몸을 돌렸다.

"저, 저기…… 귀, 귀신……."

난설헌이 검지 하나를 들어 올리며 무언가를 가리켰다. 손가락이 파들파들 떨렸다. 금방이라도 까무러칠 기세였다.

우진의 시선이 난설헌의 손가락을 따라갔다. 높다란 건물에 광고판이 붙어 있는 게 보였다. 화면 속 모델이 수시로 얼굴을 드러냈다, 사라졌다. 귀신으로 오해한다 해도 무리는 아니었다.

우진은 마치 어린아이에게 하듯 난설헌에게 자분자분 상황을 설명했다. 난설헌은 가만가만 고개를 끄덕였다. 파랗게 질렸던 그녀의 얼굴에 조금씩 혈색이 돌기 시작했다.

서서히 미래 세상에 적응한 난설헌의 눈은 시간이 지날수록 점점 호기심으로 반짝였다. 조심스레 주변을 살피던 모습은 사라지고 고개를 획획 돌리며 적극적으로 사방을 살폈다. 난설헌에게는 모든 게 놀라울 따름이었다. 한 발짝, 한 발짝 내디딜 때마다 난설헌의 입이 점점 크게 벌어졌다.

거리를 지나는 사람들 역시 입을 다물지 못하는 건 마찬가지였다. 대학생쯤으로 보이는 여자가 난설헌을 스쳐 지나가며 옆에 있던 친구에게 속삭였다.

"야, 저 여자 봤어? 완전 여신이야, 여신."

"옆에 있는 남자도 되게 멋있던데?"

이들뿐 아니었다. 마주치는 사람마다 두 사람에게서 눈을 떼지 못했다. 특히 난설헌에게 사람들의 시선이 집중됐다. 아름다운 외모에, 뭐라 표현할 수 없는 기품이 온몸에서 뿜어져 나오니 그럴 만도 했다. 사람들의 과한 시선을 느낀 우진이 고개를 갸우뚱했다.

'왜들 저러지?'

그러다 난설헌이 입고 있는 옷과 머리 모양에 눈길이 멈췄다. 우진이 문제를 알았다는 듯 난설헌을 잡아끌었다.

"설헌 씨, 우리 거기부터 갑시다."

난설헌은 영문도 모른 채 우진을 따라갔다.

얼마 뒤, 고개를 뒤로 쭉 빼도 꼭대기가 보이지 않을 만큼 높다란 건물이 앞을 가로막았다.

"이곳은 어딘가요?"

"여기는 백화점이라는 곳입니다. 옷이나 신발, 가방 같은 것을 파는 곳이죠. 자, 갑시다!"

우진이 성큼성큼 앞장서 갔다. 난설헌이 우진 뒤를 따랐다.

"어머!"

백화점 안에 들어서자마자 난설헌은 눈이 휘둥그레졌다. 그런대로 적응했다 여겼는데, 이 안은 또 다른 별천지였다. 쳐다만 봐도 눈부신 조명에 난생처음 보는 화려한 옷과 신발이 가득가득 들어차 있으니 그럴 만도 했다. 우진이 넋을 놓고 있는 난설헌을 잡아끌었다.

"설헌 씨가 갈 곳은 이곳입니다."

여성 의류 매장이었다. 수많은 옷들 사이에서 우진의 손이 빠르게 움직였다. 이 옷, 저 옷을 가져와 난설헌에게 척척 대 보더니 한참을 고민한 끝에 하나를 골랐다. 목둘레에 하늘하늘한 레이스가 달려 있고, 치마가 발목까지 길게 내려오는 연둣빛 원피스였다.

"설헌 씨, 이 옷 어때요? 내가 보기에는 설헌 씨에게 잘 어울릴 것 같은데. 저 안에 들어가서 한번 갈아입고 나와 볼래요?"

우진의 말에 난설헌의 표정이 싹 변했다. 갑자기 옷고름을 꽉 그러쥐더니 차갑게 말을 뱉었다.

"그렇게 안 봤는데 엉큼한 구석이 있군요. 저는 이만 돌아가겠습니다."

"앗, 그, 그게 아니라……. 여기서는 다 이렇게……."

우진이 당황한 듯 머리를 긁적였다. 쩔쩔매는 우진을 보고 점원이 냉큼 다가왔다.

"어머, 고객님. 남자 친구분 눈썰미가 정말 좋으세요. 자자, 망설이지 마시고 어서 들어가 입어 보세요."

점원이 난설헌의 등을 탈의실 안으로 떠밀었다. 우진도 옆에서 연신 사정을 설명했다.

그쯤 되니 펄펄 뛰던 난설헌의 기세도 많이 꺾였다. 화려한 색상과 독특한 모양의 옷을 보고 슬쩍 입어 보고 싶은 생각마저 들었다. 난설헌은 못 이기는 척 탈의실 안으로 들어갔다.

잠시 뒤, 난설헌이 머뭇머뭇하며 밖으로 걸어 나왔다.

"허엇……!"

우진이 입을 떡 벌렸다.

"마, 많이 이상한가요?"

우진은 아무 말도 하지 않았다. 아니, 할 수 없었다.

"역시 이상하지요? 그럼 다시 갈아입고 오……."

난설헌이 말을 채 끝내기도 전에 우진이 황급히 입을 열었다.

"아, 아닙니다. 설헌 씨, 정말 잘 어울려요. 이 옷으로 해요, 이 옷으로!"

"어쩜! 이 옷을 이렇게 잘 소화하는 분은 처음 봐요. 역시 패션의 완성은 얼굴이네요. 호호호."

점원도 호들갑을 떨었다. 우진이 점원을 향해 말했다.

"안에 있는 한복은 잘 챙겨 넣어 주세요."

그러고는 난설헌을 보며 엄지를 치켜세웠다.

"설헌 씨, 모델 뺨치게 멋집니다. 그 옷 그대로 입고 가요."

난설헌은 잠시 망설이다 이내 고개를 끄덕였다. 어차피 미래 세상에 발을 들여놓았다. 이 순간만큼은 자신도 미래 세상에 그대로 젖어 들고 싶었다.

우진이 계산대 앞으로 다가가 카드를 꺼내 들었다.

"33만 9900원입니다."

낭랑하게 울리는 점원 목소리에 우진의 무릎이 잠시 휘청였다.

"손님?"

점원이 우진을 불렀다. 우진은 침을 한번 꿀꺽 삼켰다. 그리고 떨리는 가슴을 애써 진정시키며 카드를 내밀었다. 속으로 이렇게 다짐하면서.

'안은경, 네 소원이 이렇게 이뤄지는구나. 방귀 동화…… 온 힘을 다해 한번 써 보마.'

내친김에 신발도 갈아 신고, 쪽진 머리까지 푼 난설헌은 순식간에 현대 여성으로 변신했다. 우진은 마치 꿈을 꾸는 듯했다.

'이 여인이 정말 조선 시대에서 온 허난설헌이란 말인가!'

옆에 두고도 믿어지지 않았다.

난설헌 역시 꿈을 꾸는 것 같았다. 금세 미래 세상에 적응하는 자신이 스스로 생각해도 놀라웠다. 그러면서도 불안한 마음이 때때로 스멀스멀 올라왔다.

'얼마나 남았을까…….'

향목 가루가 다 타 버리기 전에 조금이라도 더 미래 세상을 누려 보고 싶었다. 아주 오랜만에 누구 눈치도 보지 않고, 무언가에 얽매이지도 않는 자유로움을 마음껏 맛보는 중이었다.

우진도 난설헌에게 자신이 사는 세상을 제대로 보여 주고 싶은 마음이 컸다. 어디를 가야 그녀가 좋아할지 고민했다. 그러다 무언가 번뜩 떠올랐다.

"설헌 씨, 우리 그곳에 가 봅시다. 아마 설헌 씨도 굉장히 좋아할 겁니다."

난설헌의 눈이 기대감으로 반짝였다.

우진이 난설헌을 이끈 곳은 광화문 앞이었다. 난설헌의 눈이 금세 또 휘둥그레졌다.

"어! 저건……. 미래 세상에도 조선의 흔적이 남아 있습니까?"

"그럼요. 여기가 광화문, 저 뒤가 바로 경복궁인걸요. 물론 임금님이 살지는 않지만, 우리의 소중한 문화유산으로 잘 보존하고 있습니다."

난설헌은 임금이 없는 세상을 상상하기 힘들었다. 하지만 우진이 들려주는 미래 세상 이야기를 들으니 그럴 수도 있겠다는 생각이 들었다.

이런저런 이야기를 하며 걷던 둘은 어느덧 높다란 건물 앞에 다다랐다.

"자, 여기입니다. 설헌 씨가 좋아할 만한 곳이요."

"선비님께서 그리 말씀하시니 더 기대되는군요."

난설헌이 생긋 웃으며 천천히 안으로 들어섰다.

입구에 커다란 여성의 사진이 붙어 있었다. 그 밑에는 '베스트셀러 작가 천영혜 신간 출간'이라는 문구가 보였다. 난설헌의 눈길이 그 여성의 사진에 가 머물렀다. 우진이 입을 열었다.

"대한민국에서 가장 유명한 소설가입니다. 아, 물론 여성 작가이고요. 제가 가장 좋아하는 작가이기도 합니다."

난설헌의 눈에 금세 부러움이 가득 배었다.

"그렇군요. 미래 세상에서는 여자도…… 마음 놓고 글을 쓸 수 있군요."

"어디 글뿐입니까? 자신이 원하면 무엇이든 할 수 있지요. 이 나라를 이끄는 대통령도 되고, 나라를 지키는 군인도 되고, 판사,

의사, 선생님, 과학자 등 뭐든 마음만 먹으면 할 수 있습니다."

"뭐든 마음만 먹으면 할 수 있다······."

난설헌은 우진이 한 말을 천천히 되뇌었다. 그녀 얼굴에서 얼핏 우울한 빛이 비어져 나왔다.

서점에 데려오면 좋아할 줄 알았는데, 오히려 난설헌의 표정이 눈에 띄게 어두워진 걸 보고 우진은 비로소 자기 생각이 짧았다는 사실을 깨달았다. 하지만 후회해 봤자 이미 늦은 걸 어쩌랴. 우진은 부러 신이 난 척 난설헌의 손을 잡아끌었다.

"설헌 씨, 이쪽으로 와 보세요. 이게 다 책, 음 그러니까 조선 시대 말로 하면 서책입니다, 서책."

"어머, 정말 이 모든 게 다 서책이란 말입니까? 균이가 와서 보면 참 좋아하겠군요."

난설헌은 허균을 떠올리며 그제야 빙긋이 웃어 보였다. 두 사람은 빠르게 서점 안을 돌아다녔다. 이야기는 신기할 정도로 끊이지 않고 이어졌다.

난설헌은 누군가와 이토록 오래 이야기를 나눈 적이 있었나 기억을 더듬었다. 연이나 균이 말고는 떠오르는 이가 없었다. 게다가 눈앞에 있는 사람은 미래에 사는 외간 남자 아닌가. 스스로 생각해도 놀라울 뿐이었다. 하지만 세심하게 자신의 마음을 헤아리고, 작은 것 하나까지 먼저 배려하는 우진 앞에서 스르르 경계심이 풀리는 건 어쩔 수 없었다.

이런저런 책을 보며 한참 이야기를 나눈 둘은 잠시 쉬어가기로

했다. 사람이 많이 지나다니지 않는 구석진 자리를 찾았다. 두 사람 모두 다리는 잠시 쉬었으나 입은 쉬지 않았다. 그곳에 앉아서도 대화는 끊이지 않고 이어졌다. 그러다 우진이 조심스레 물었다.

"설헌 씨는…… 왜 시를 짓습니까? 이것저것 자료를 찾아보니 남편이나 시어머니가 무척 싫어한다고 하던데……."

순간 난설헌이 입을 꾹 다물었다. 불쾌한 듯 한쪽 눈썹이 꿈틀했다.

"이런, 제가 괜한 걸 물었네요. 그저 궁금해서……. 죄송합니다."

우진이 재빨리 사과했다.

"아니에요. 이런 걸 제게 묻는 사람은 선비님이 처음이라 조금 놀랐을 뿐이에요."

아무도 난설헌에게 '왜 시를 짓느냐' 묻지 않았다. 그저 여자가 시를 써서 무엇하느냐 타박할 뿐이었다.

난설헌이 천천히 입을 열었다. 목소리가 영롱하게 울렸다.

"왜 시를 짓는냐고요? 음…… 내가 나일 수 있으니까요. 그 속에서 저는 그저 난설헌일 뿐이에요. 허씨 집안 여식도, 김씨 집안 며느리도 아닌 나, 난설헌. 오로지 나로 존재하는 때가 바로 시를 짓는 순간이지요."

이어서 작은 목소리로 한마디를 덧붙였다.

"물론 내가 시를 짓는 걸 누구도 반기지 않지만……."

난설헌의 얼굴이 한없이 쓸쓸해 보였다.

우진은 홀로 방에 앉아 화관을 쓰고, 향을 피우며 시를 써 내려가던 난설헌의 초상화가 떠올랐다. 그녀가 안쓰러워 견딜 수 없었다.

그래서일까. 자신도 모르게 난설헌의 손을 잡아 버렸다.

난설헌이 흠칫 놀라며 우진을 바라보았다. 하지만 우진은 잡은 손을 놓지 않았다. 그의 떨림이 그대로 난설헌에게도 전해졌다.

난설헌의 가슴이 터질 것 같이 뛰었다. 더는 그대로 있을 수 없었다. 난설헌은 손을 빼려 몸을 움직였다. 그러자 우진이 더욱 힘을 주며 난설헌의 손을 꽉 잡았다. 그러고는 천천히 입을 열었다.

"내가 여기서 지켜볼게요. 당신이 얼마나 찬란히 빛나는지. 그러니까…… 계속 써요."

생명의 씨앗

난설헌이 손바닥으로 앞섶을 지그시 눌렀다. 여전히 가슴이 뛰었다. 우진이 했던 마지막 말이 귓가를 울렸다. 그 눈빛, 목소리, 손에 닿던 따스한 기운. 하나하나가 생생했다.

우진에게 채 무어라 답하기도 전에 난설헌은 다시 방으로 돌아와 버렸다.

"선비님이 또 얼마나 놀라셨을까……."

서점에 혼자 덩그러니 남겨져 있을 우진을 떠올리자 마음이 편치 않았다.

"참, 이러고 있을 때가 아니지."

난설헌이 문득 정신을 차렸다. 그러고는 곧바로 향로 뚜껑을 열어 보았다. 예상대로 향목 가루는 다 타고 재만 남아 있었다. 얼른 손을 넣어 재를 만져 보았다. 아직 따뜻한 기운이 남아 있었다. 꺼진 지 얼마 되지 않은 것 같았다.

"역시 내 짐작이 맞았어."

박산향로에 향을 피우는 순간 미래 세상으로 간다. 오직 향이
타오르고 있을 때만 그곳에 머물 수 있다. 향이 꺼지는 순간 다
시 돌아온다. 난설헌이 알아낸 사실이었다.

삐걱.

방문이 살짝 열렸다. 누군가 안을 흘끔 들여다보다 꽥 소리를
질렀다.

"에구머니나! 아씨, 대체 어디 갔다 오신 거예요?"

연이였다.

"잠시 볼일이 있어 나갔다 왔다."

난설헌이 아무렇지 않게 답했다.

"몸이 안 좋으시다면서요? 아니, 그나저나 아씨! 이 해괴망측
한 차림은 다 뭐예요?"

연이가 난설헌을 머리부터 발끝까지 쭉 살피더니 눈을 동그랗
게 뜨고 물었다. 난설헌이 황급히 머리와 옷매무새를 만졌다.

'아차!'

갑작스레 돌아오느라 미처 한복으로 갈아입지 못했다. 미래에
서의 차림 그대로니 연이가 놀랄 만도 했다. 난설헌은 연이를
잠시 바라보았다. 그리고 연이가 최대한 이해할 수 있는 말을
골랐다.

"처음 보는 차림에 네가 많이 놀랐겠구나. 어느 고마운 분이 주

셨다."

"고마운 분이요? 그게 누군데요? 아씨가 아는 분이라면 제가 모를 리 없는데."

"그, 그런 분이 있다. 어떠냐? 나에게 잘 어울리니?"

난설헌은 연이가 우진에 대해 더 캐묻기 전에 서둘러 물었다. 연이가 다시 찬찬히 난설헌을 살피며 입을 열었다.

"흠, 다시 보니 잘 어울리시는 것 같기도 하고. 아씨야 뭔들 안 어울리시겠습니까? 그런데 이런 옷은 대체 어디 가면 구할 수 있대요? 명나라에 가면 있나?"

연이가 난설헌이 입고 있는 옷을 살짝 만지며 물었다. 난설헌은 아득히 먼 곳을 떠올리듯 아련한 목소리로 답했다.

"명나라보다 더 먼 곳이다. 나도 쉽게 이를 수 없는 곳이지."

연이가 고개를 갸웃하더니 한숨을 푹 내쉬며 말을 쏟아냈다.

"어휴, 하여튼 제가 정말 아씨 때문에 가슴이 벌렁거려 못 살겠어요. 하도 기척이 없으시기에 살짝 들여다봤다가 감쪽같이 사라지셔서 얼마나 놀랐는지 아세요? 어디 가시면 간다고 말씀이라도 하실 것이지. 혹시 저한테 말 못 할 비밀이라도 생기신 거예요?"

연이의 말에서 서운한 기색이 뚝뚝 묻어났다.

"큼큼, 나 없는 사이에 별일은 없었고?"

난설헌은 마땅히 대꾸할 말이 없어 급히 말을 돌렸다. 연이에게 거짓을 말하고 싶지는 않았다.

연이는 그제야 뭔가 생각난 듯 무릎을 탁 치며 외쳤다.

"에구머니나, 내 정신 좀 봐. 아씨, 어서 마님께 가 보세요. 아까부터 마님께서 아씨를 당장 불러오라고 어찌나 성화를 내시는지. 지금껏 달달 볶이다 나왔다고요. 제가 막내 서방님댁에 잠시 다녀오신다고 둘러댔으니 그런 줄 아세요. 자, 어서 가 보세요. 어서요!"

난설헌이 조그맣게 한숨을 내쉬고는 연이에게 일렀다.

"알겠다. 어머님께 곧 간다고 전해 주렴."

연이가 나간 뒤 난설헌은 서둘러 옷을 갈아입었다. 머리도 다시 단정하게 쪽을 지었다. 미래에서 입고 온 옷은 조심스레 개어 농 깊숙이 넣어 두었다.

난설헌은 곧장 안방으로 건너갔다. 송씨 부인은 늘 그렇듯 꼿꼿한 자세로 앉아 있었다. 난설헌을 보자마자 안 그래도 좁은 미간 사이가 더욱 좁아졌다.

"어머님, 찾으셨습니까?"

"그래, 참 빨리도 왔구나."

"……."

"너는 이제 김씨 집안 사람이다. 친정 식구들과 너무 자주 왕래하는 건 보기 좋지 않다고 몇 번을 말하느냐? 쯧쯧쯧."

송씨 부인이 혀를 찼다. 난설헌은 아무 대꾸도 하지 않았다.

"어서 옷가지를 챙겨 나오너라. 이번에는 보름간 머물 것이다."

난설헌이 영문을 몰라 멀뚱히 서 있자 송씨 부인이 소리쳤다.

"불성사에 치성이라도 드리러 가야 하지 않겠느냐? 네가 먼저 가자고 해도 시원찮을 판에 뭐하고 서 있는 게야?"

"예, 바로 채비해서 나오겠습니다."

난설헌은 새어 나오려는 한숨 대신 송씨 부인이 원하는 대답을 들려주었다.

과거 시험이 한 해도 채 남아 있지 않았다. 이번에도 기회를 놓치면 김성립은 또다시 3년을 흘려보내야 한다.

송씨 부인 속이 바짝바짝 타들어 가고 있다는 걸 난설헌도 모르지 않았다. 난설헌 역시 걱정스러웠다. 하지만 시어머니와는 생각이 달랐다. 절에 치성을 드리러 간다고 문제가 해결될 턱이 없지 않은가. 모든 것은 김성립에게 달려 있을 뿐이다.

그렇다고 시어머니 명을 거역할 수는 없었다. 그랬다가 김성립이 또 과거에 떨어지기라도 하면 모든 화살은 난설헌에게 날아올 터였다.

자신의 방으로 돌아온 난설헌은 연이에게 사정을 말한 뒤 가만히 일렀다.

"간단히 몇 가지만 챙겨다오. 아, 붓이랑 벼루도 잊지 말고."

향로는 문갑 깊숙이 넣었다. 혹 자신이 자리를 비운 사이 누군가 향로를 쓰기라도 하면 큰일이었다. 물론 시종들이 감히 주인 아씨의 물건을 함부로 만질 리는 없었다. 믿지 못할 사람은 딱 한 명뿐.

시어머니와 함께 가마에 막 오르려는 순간, 허균이 헐레벌떡 마당으로 들어섰다. 허균은 송씨 부인을 보고 가볍게 고개를 숙였다.

송씨 부인이 못마땅한 기색으로 허균을 쏘아보았다. 그도 그럴 것이 아침나절 난설헌이 허균에게 다녀갔다지 않았는가. 헤어진 지 얼마나 됐다고 또 쪼르르 달려오니, 허균이 곱게 보일 리 없었다. 송씨 부인은 인사도 받지 않고 치맛자락을 획 잡아채며 가마에 올랐다. 허균 얼굴에도 불쾌한 빛이 드러났다. 난설헌이 얼른 허균에게 다가가 물었다.

"어쩐 일이냐? 무슨 일 있는 것이야?"

허균이 금세 표정을 풀며 답했다.

"일이 있는 건 아니고……. 근데 누이, 어디 가시오?"

"불성사에 치성드리러 간다. 보름은 족히 걸릴 것 같구나."

"이런! 그럼 그동안 미래……."

난설헌이 허균을 보고 눈을 동그랗게 떴다. 허균이 목소리를 한껏 낮춘 뒤 급히 고쳐 말했다.

"아니, 향로는 못 쓰는 것이오?"

난설헌이 주변을 힐끔 살피며 가만히 고개를 끄덕였다. 허균의 얼굴에 아쉬움이 그득 묻어났다. 향로가 미래 세상으로 가는 열쇠라는 걸 알았으니, 허균 성격상 가만있는 게 오히려 이상했다. 날마다 향로를 쓰게 해 달라고 조르는 모습이 눈앞에 훤히 그려졌다.

난설헌은 벌써부터 피곤함을 느끼며 천천히 가마에 올랐다. 속으로 향로를 문갑 깊숙이 감춰 두고 온 걸 천만다행으로 여겼다.

불성사에서의 시간은 천천히 흘렀다. 날마다 백팔배를 올렸다. 다리가 끊어질 것 같았지만 그 정도는 참을 수 있었다. 난설헌에게 힘든 것은 시어머니와 매일 딱 붙어 있어야 한다는 것이었다.

난설헌은 점점 숨이 턱턱 막혀 왔다. 붓이랑 벼루를 챙겨 왔지만 시 쓰는 일은 엄두도 못 냈다. 시어머니가 매처럼 날카로운 눈빛으로 난설헌을 지켜보고 있었다. 난설헌은 그 눈빛을 볼 때마다 송씨 부인이 난설헌의 시를 듣고 기겁했던 때가 자꾸 떠올랐다.

그날도 난설헌은 자수 옥살이를 하고 있었다. 시집온 다음 날부터 송씨 부인은 날마다 난설헌을 방으로 불러들였다. 그러고는 양반가 부인네의 도리에 대해 한바탕 설교를 늘어놓고는 온종일 원앙을 수놓게 했다.

아름다운 시로 이름을 떨친 난설헌이지만 자수에는 영 소질이 없었다. 다른 양반가 규수들과 달리 어려서부터 수놓을 일이 별로 없었다. 오라버니 허봉, 동생 허균과 어울려 시를 짓는 일이 난설헌의 유일한 놀이였다. 그러니 어느 날은 원앙이 볼품없이 말라비틀어졌고, 어떤 날은 너무 뚱뚱해 하늘을 날기 어려워 보였다.

그때마다 송씨 부인이 혀를 차는 소리가 방문 밖으로 새어 나왔다. 난설헌도 고역이었다. 온종일 시어머니 옆에 붙어 앉아 잘하지도 못하는 자수를 놓으려니 좀이 쑤셨다. 송씨 부인이 내뱉는 잔소리를 듣던 난설헌의 머릿속에 문득 어떤 생각이 스쳐 지나갔다.

"웩!"

갑자기 난설헌이 헛구역질을 했다.

"왜 그러느냐? 속이 좋지 않은 것이냐?"

송씨 부인이 걱정스러운 눈빛으로 난설헌을 바라보았다.

"아까부터 머리가 어질어질했는데……. 지금은 속까지 탈이 난 것 같습니다."

난설헌이 송씨 부인 눈치를 흘끔 살피며 말했다.

"장차 김씨 집안의 대를 이을 아들을 낳을 몸. 어서 가 쉬어라. 내 당장 의원을 불러오마."

난설헌이 송씨 부인 몰래 씩 웃으며 자리에서 일어섰다.

드디어 자수 옥살이에서 풀려난 난설헌은 방에 들어서자마자 어린아이처럼 폴짝폴짝 뛰며 소리쳤다.

"연이야, 내 꾀주머니가 아직 쓸 만한가 봐."

연이는 해맑게 웃는 난설헌을 보며 고개를 절레절레 저었다. 난설헌은 해방의 기쁨을 한껏 맛본 뒤 벼루와 먹을 찾았다.

"또 시를 쓰시려고요? 그러다 마님께서 아시면……."

이 집안에서 난설헌이 시 쓰는 걸 반기는 사람은 아무도 없었다. 반기기는커녕 송씨 부인은 물론 남편 김성립까지 대놓고 언짢은 기색을 내비쳤다. 그런데도 난설헌은 틈만 나면 이렇게 시를 쓰려고 안달이었다.

"시라도 안 쓰면 난 답답해서 켁 죽어 버릴지도 몰라. 연이야, 너는 이 아씨가 꽃다운 나이에 죽어 버렸으면 좋겠니?"

"어휴, 아씨. 또 흉측한 소리 하시네. 알았으니까 제발 그런 소리는 입 밖에 내지도 마세요."

연이는 할 수 없이 벼루에 먹을 갈았다. 서안 위에 한지와 붓도 가지런히 올려놓았다.

아직 붓을 들지도 않았는데 난설헌 입꼬리가 위로 쓱 올라갔다.

머릿속에 시어가 잔뜩 들어 있기라도 한 것인지, 난설헌은 붓을 들자마자 순식간에 시를 주르륵 써 내려갔다.

늘 있는 일이지만, 연이는 그런 그녀를 넋 놓고 바라봤다. 금세 시 한 편을 뚝딱 완성한 난설헌이 연이를 보며 싱긋 웃었다. 연이는 고개를 끄덕였다. 아씨가 시를 읊고 싶다면 귀를 활짝 열어 들어주겠다는 뜻이었다. 방금 지은 시를 읊는 난설헌의 낭랑한 목소리가 방을 가득 채웠다.

호수에 달빛 환히 밝아 오면,
연밥 따 한밤중에 돌아오지요.
가벼이 노 저어 못가에 가지 말아요,
놀란 원앙이 날아갈까 두려워요.

강남에서 낳고 자란 이 몸이,
어린 시절 이별이란 미처 몰랐죠.

어찌 알았을까, 나이 열다섯에,

조롱받는 사내에게 시집갈 줄이야.

가만가만 고개를 끄덕이며 시를 듣던 연이가 마지막 줄을 듣고는 화들짝 놀라 소리쳤다.

"에구머니나! 아씨, 행여 마님이나 서방님께서 이 시를 보시면 어쩌려고 그러세요?"

연이는 아무도 난설헌을 못 말린다는 건 알았지만, 설마 서방님에 대해 이렇게 대놓고 불만을 토로하리라고는 꿈에도 생각지 못했다.

"어허, 시라는 것은 모름지기 시인이 느낀 그대로를 써야 하는 법이란다."

난설헌은 스승 이달의 흉내를 내며 목을 뻣뻣하게 세우고 대꾸했다.

그때, '쾅' 소리와 함께 방문이 벌컥 열렸다. 난설헌과 연이가 화들짝 놀라며 방문을 쳐다보았다. 송씨 부인이 대접을 받친 소반을 들고 서 있었다. 난설헌을 쏘아보는 눈초리가 어찌나 무서운지 연이 몸이 오싹 떨렸다.

"혹시나 태기가 있는 건 아닐까 하여 내 손으로 친히 죽을 끓이고 의원까지 불렀더니, 방에서 이런 짓거리를 하고 있어?"

송씨 부인의 벼락같은 호통이 떨어졌다. 난설헌을 늘 못마땅해하는 송씨 부인이지만, 지금처럼 이렇게 노기 띤 음성으로 소리치는 건 처음이었다.

차장창창창!

송씨 부인이 들고 온 대접을 바닥에 내던졌다. 도자기 파편과 함께 죽이 사방으로 튀었다. 송씨 부인은 분을 참지 못한 듯 어깨까지 들썩이며 숨을 골랐다. 이윽고 송씨 부인의 호통 소리가 귓전을 쾅쾅 울렸다.

"예부터 여자가 너무 난 체하면 지아비 앞길을 가로막는다 했거늘. 네가 방에 앉아 이런 쓸데없는 짓을 하니 우리 성립이가 번번이 과거에 떨어지는 것이 아니냐? 네가 정녕 지아비의 앞길을 막으려고 작정하지 않고서는 이렇게 발칙한 짓을 하지는 못할 터!"

연이는 난설헌 옆구리를 쿡쿡 찔렀다. 얼른 잘못했다고 싹싹 빌라는 뜻이었다.

연이 마음을 알아챈 걸까. 난설헌이 가만히 입을 열었다.

"어머님께 거짓을 고해서 죄송합니다. 하지만."

'아이코, 우리 아씨가 또 무슨 말을 하시려는 걸까. 죄송하면 죄송했지, 웬 하지만?'

연이는 밀려오는 불길함에 몸을 떨었다.

"제가 어찌하든 서방님 능력이 나라에 쓰일 만큼 차면 언젠가 과거에 붙을 터. 어머님께서는 서방님께서 과거에 떨어져 속상한 마음을 혹 제게 푸시는 게 아닌지요? 저는 시 쓰는 게 좋습니다. 여자로 태어나 아무짝에도 쓸모없는 재능이지만, 그런 근거

없는 이유로 제 기쁨을 포기하고 싶지는 않습니다."

"저, 저, 저런 버르장머리 없는……."

송씨 부인의 몸이 휘청거렸다. 연이가 얼른 다가가 부인을 붙잡았다.

송씨 부인은 뭐라고 더 말을 하려다 머리가 어지러운지 끙끙거리며 안방으로 돌아갔다. 부인을 데려다주고 온 연이가 방에 들어서자마자 난설헌에게 잔소리를 늘어놓았다.

"아씨도 참, 적당히 좀 하시지. 어쩌자고 마님께 그런 말씀을 하세요? 오늘은 아씨가 분명 잘못하셨잖아요. 마님께 거짓까지 고할 건 뭐예요?"

난설헌은 연이마저 자신을 나무라자 속이 더 상했다.

"후유, 그럼 어쩌니? 평생 방에 틀어박혀 원앙이나 수놓고 있으란 말이니? 나 정말 답답해 죽겠단 말이야. 이 작은 조선 땅에 태어난 것, 여자로 태어난 것, 하필이면 못난 김성립의 아내가 된 것. 이게 내 천추의 한이다."

연이는 혹시 또 누가 들을까 무서워 방문 밖을 얼른 살폈다. 난설헌의 답답한 속을 이해하지 못하는 건 아니지만, 그렇다고 이렇게 솔직하게 자기 마음을 드러내도 되는 걸까. 많이 만나 보지는 못했지만, 연이가 지금껏 본 양반가 아씨 중 난설헌 같은 이는 없었다. 물론 난설헌처럼 뛰어난 재능을 가진 아씨를 본 적도 없다.

연이는 그만 잔소리를 거두었다. 그러고는 가만가만 난설헌의 등을 토닥여 주었다. 그 손길이 난설헌에게 얼마나 큰 위로가 됐는지. 난설헌은 그때의 그 따스한 손길을 여전히 마음속에 간직하고 있었다.

불성사에 온 지 열흘째 아침이 밝았다. 절을 올리던 난설헌이 갑자기 그 자리에서 픽 쓰러졌다. 급히 의원이 왔다. 의원은 한참 동안 난설헌의 맥을 짚어 보더니 조심스럽게 입을 열었다.

"태기가 있으니 당분간 조심하시는 것이 좋을 듯합니다."

송씨 부인의 입이 함지박만 하게 벌어졌다. 절에 온 뒤 처음으로 난설헌에게 웃어 보였다.

"잘했다. 쓸데없는 짓에 마음을 뺏기고 있는 줄 알았더니, 이제야 네 할 일을 했구나."

난설헌은 가만히 배에 손을 가져가 보았다. 이미 아이를 셋이나 잃은 난설헌이었다. 배 속에 또 새 생명이 자라고 있다는 게 도무지 믿어지지 않았다.

배 속 아이는 세상에 자기 존재를 알린 것과 동시에 어미에게 효도했다. 송씨 부인이 곧장 집으로 돌아가기로 한 것이다.

그렇게 열흘 만에 난설헌은 집으로 돌아왔다. 오자마자 난설헌은 향로가 잘 있는지 확인했다. 다행히 향로는 문갑 속에 그대로 들어 있었다.

송씨 부인은 김씨 집안의 귀한 자손에 행여 또 문제라도 생길까 전전긍긍했다. 두 번 다시 손주를 잃고 싶지는 않았다. 그랬다가 죽어서 조상들을 무슨 낯으로 본단 말인가. 송씨 부인은 난설헌 방에 수시로 드나들며 몸 상태를 확인했다. 난설헌은 향로를 쓸 엄두도 낼 수 없었다.

불쑥불쑥 우진이 떠오를 때마다 난설헌은 애써 그 생각을 떨쳐 내려 했다. 구름이 흘러가듯 하루하루가 천천히 지나갔다.

더는 갈 수 없는 곳

우당탕탕탕!

바깥에서 소란스러운 소리가 들렸다. 연이가 잽싸게 일어나 나갔다.

"아이코, 서방님. 어디서 약주를 이렇게 많이 드셨어요?"

어쩔 줄 몰라 하는 연이 목소리가 들렸다.

"뭐라? 한낱 몸종 주제에, 너까지 나를 무시하는 것이냐?"

김성립이 고함을 꽥 질렀다. 자기 대신 애꿎은 연이에게 화풀이한다는 걸 난설헌이 모를 리 없었다.

"그게 아니고, 지금 아씨 몸 상태가 좋지 않아서……. 이번에 또 잘못되기라도 하면…….."

연이가 쩔쩔매는 모습이 눈에 선했다.

"쳇, 떠돌이 개도 새끼 낳아 잘만 키우건만 그깟 일이 뭐 어렵다고 이리 호들갑을 떠는 것이야?"

매정한 김성립의 말이 난설헌의 마음을 사정없이 찔렀다.

"후유우……."

난설헌은 길게 한숨을 내뱉었다. 합방일도 아닌데 김성립이 웬일인가 싶었다. 난설헌은 방금 지은 시가 적힌 한지를 조심스레 접었다. 김성립이 들이닥치기 전에 시 쓴 흔적을 지워야 했다.

이런! 한발 늦었다. 방문이 벌컥 열리더니 김성립이 들이닥쳤다. 얼굴은 불콰하게 달아오르고, 두 눈은 초점 없이 풀려 있었다. 지독한 술 냄새가 금세 온 방에 들어찼다. 벗들과 어울려 술 마시는 것을 좋아하는 김성립이지만, 이렇게 심하게 취한 건 처음이었다.

난설헌이 재빨리 한지를 품속에 감췄다. 붓과 벼루는 얼른 서안 밑으로 치웠다. 하지만 김성립의 눈이 더 빨랐다. 이미 난설헌이 무엇을 했는지 짐작하고도 남았다. 김성립이 한껏 비꼬는 투로 물었다.

"허어, 몸이 안 좋다더니 시를 쓸 기운은 남아 있소?"

김성립이 방으로 성큼성큼 걸어 들어왔다. 그러더니 난설헌의 고름을 거칠게 풀어헤쳤다.

"왜 이러세요?"

난설헌이 옷고름을 꽉 쥐며 필사적으로 버텼다.

"감히 하늘 같은 서방님을 거역하시겠다? 당신이 그렇게 나를 벌레보다 못한 놈으로 취급하니까 세상도 나를 알아주지 않는 거요!"

어디에서 또 언짢은 소리라도 들은 걸까. 그 소리는 물론 난설헌과 관련 있을 터였다. 김성립은 기어이 난설헌의 옷고름을 뜯고 말았다. 품속에 감춰 둔 한지가 바닥에 툭 떨어졌다. 김성립이 한지를 손에 들어 올렸다. 풀려 있던 눈동자에 순간적으로 광기가 번뜩였다.

"여자가 방구석에 처박혀 이깟 시나 쓰고 있으니까 이 김성립이가 이 모양 이 꼴인 거요! 다들 뭐라 수군대는지 알기나 하시오? 깜냥도 안 되는 놈이 분에 넘치는 부인을 만났다고…… 나보다 뛰어난 부인 모시고 사는 기분은 어떠냐고……. 하다 하다 당신한테 과거를 대신 쳐 달라고 부탁이라도 하지 그러냐고 합디다!"

김성립이 꽉 쥔 주먹을 부들부들 떨었다. 난설헌은 눈을 질끈 감았다. 사람들이 생각 없이 떠드는 소리를 난설헌이라고 모를 리 없었다. 타고난 성품대로 호방하게 웃어넘기는 줄 알았다. 아니, 그러기를 바랐는지도 모른다. 난설헌의 욕심이었을까, 그 말들이 쌓여 결국 김성립 가슴 속에 아물 수 없는 커다란 생채기를 내고 말았다.

"그런 소리가 얼마나 지긋지긋한지 당신, 알기나 하시오? 그 잘난 재주 뽐내기 전에 내 기분이 어떨지 단 한 번이라도 생각해 본 적은 있소? 당신을 만나고 내가 얼마나 망가졌는지 눈이 있으면 좀 보란 말이오!"

김성립은 정신 나간 사람처럼 고래고래 소리를 지르며 한지를 북북 찢었다. 조각조각 난 한지가 사방에 흩어졌다. 난설헌의 가슴도 갈기갈기 찢기는 것 같았다.

"다들 이 김성립이를 비웃지 못해 안달이지!"

자조 섞인 웃음을 흘리던 김성립이 이번에는 서안을 번쩍 들었다. 그러고는 방문 밖으로 홱 던져 버렸다. 서안 밑에 둔 벼루도 벽을 향해 냅다 던졌다. '쩍' 소리와 함께 벼루가 깨졌다. 붓은 손에 쥐고 확 분질러 버렸다.

난설헌이 미처 말릴 새도 없었다. 이 모든 일이 순식간에 벌어졌다. 난설헌은 입술을 파르르 떨며 낮게 중얼거렸다.

"오, 오라버니가 준…… 붓을……. 오라버니……."

김성립은 두 눈을 부라리며 또다시 부술 것을 찾았다. 김성립 눈에 박산향로가 들어왔다. 김성립이 향로를 집어 머리 위로 높이 치켜들었다.

"헉! 서방님, 안 돼요!"

난설헌이 김성립의 바짓가랑이를 붙잡으며 말렸다. 하지만 김성립은 발을 홱 들어 올려 난설헌을 자기 몸에서 떨어뜨렸다.

"당신을 만나지 않았다면 좋았을걸. 5대가 문과에 급제한 가문이니 뭐니 그딴 짐도 짊어지지 않고, 차라리 종놈으로나 태어날걸. 그랬다면 내 인생이 지금보다는 훨씬 더 나았을 텐데!"

김성립은 속에 있던 울분을 토해 내듯 박산향로를 마당에 꽝 내리쳤다.

째쟁쨍쨍쨍쨍쨍!

박산향로가 차가운 바닥에 부딪치는 소리가 귀를 때렸다. 박산향로의 몸통과 뚜껑이 힘없이 떨어져 나갔다. 뚜껑 위에 붙어 있던 봉황도 머리를 잃었다.

"하아……."

난설헌의 눈이 부서진 박산향로에 머물렀다. 온몸에서 기운이 쑥 빠져나가는 것 같았다. 손가락 하나 까딱할 힘도 없었다.

연이가 얼른 다가와 손을 잡아 주었다. 얼음장처럼 차가운 손을 보고 연이는 깜짝 놀랐다. 연이는 연신 난설헌 손을 주무르며 자신의 온기를 전했다. 그러면서도 눈은 계속 김성립을 좇았다.

난설헌을 못마땅해 한다는 건 알고 있었지만, 김성립이 이처럼 거칠게 화를 내는 건 연이도 처음 보았다. 그의 적나라한 속마음을 듣는 것 역시 처음이었다. 난설헌 못지않게 김성립도 안쓰럽기는 매한가지라는 생각에 가슴이 저렸다.

다행히 김성립은 더는 난설헌에게 행패를 부리지 않았다. 대신 집 안 이곳저곳을 다니며 닥치는 대로 물건을 부쉈다. 그 모습이 흡사 미치광이처럼 보였다. 그동안 그의 마음을 짓누르고 있던 부담감과 열등감이 한꺼번에 폭발한 듯했다.

아무도 김성립을 말리지 못했다. 잠깐 밖으로 나온 송씨 부인은 난설헌만 한 번 매섭게 쏘아볼 뿐, 김성립에게는 한마디도 하지 않고 다시 방으로 들어갔다. 김성립은 아버지 김첨이 들어오고서야 겨우 미치광이 짓을 멈췄다. 그러고는 곧장 어딘가로 내뺐다.

마당 한가운데 김성립 손에 부서진 박산향로가 흩어져 있었다. 그야말로 처참한 모습이었다. 오직 차가운 달빛만이 박산향로를 가만히 비추었다.

"아씨, 미음이라도 조금 넘겨 보세요. 배 속 애기씨를 생각해서라도 기운 차리셔야지요."

다음 날, 연이는 숟가락으로 난설헌의 입을 벌리기 위해 종일 진땀을 뺐다. 하지만 조개처럼 꾹 다문 입은 벌어질 줄 몰랐다.

김성립이 다녀간 뒤 난설헌은 몸져누웠다. 온종일 미음조차 넘기지 못하고 있었다. 의원이 다녀갔지만 별다른 수가 없었다. 배 속 아이는 괜찮다는 말을 들은 송씨 부인은 얼굴 한번 비추지 않았다.

이 집에서 오직 연이 혼자만 발을 동동 구르며 난설헌의 병구완을 하고 있었다.

그때 반가운 목소리가 들렸다.

"누이, 좀 들어가도 되겠소?"

연이가 발딱 일어나 문을 열었다.

"서방님, 어서 오셔요. 안 그래도 기별을 할까 망설이던 참이었어요."

"어이쿠, 누이. 이게 다 무슨 일이오?"

허균이 누워 있는 난설헌을 보고 깜짝 놀라 소리쳤다.

가만히 눈을 감고 있던 난설헌이 천천히 눈을 떴다. 그러고는 나지막이 말했다.

"수선 피울 것 없다. 며칠 쉬면 나을 터."

허균이 연이를 타박했다.

"아씨가 이리 편찮으시면 내게 진즉에 알릴 것이지. 여태 뭘 하고 있었던 게냐?"

"죄송합니다. 아씨께서 극구 말리시는 바람에……."

안 그래도 연이 역시 처음으로 난설헌의 명을 거역해 볼까 고민하던 참이었다. 그런데 마침 허균이 알아서 찾아와 주었다. 비록 호통은 들었어도 속으로는 무척 기뻤다.

"누이, 무슨 일 있었소? 설마 아이가 또 잘못되기라도 한 거요?"

"떽! 행여라도 그런 말씀일랑 입 밖에 내지도 마셔요."

방금 허균에게 혼난 것도 잊고 연이가 눈을 부릅떴다.

"허허, 잘못했다."

허균이 수염을 한 번 쓱 쓸어내리며 멋쩍게 웃었다.

"네 아씨는 말하기 힘든 것 같으니 연이 네가 한번 말해 보아라. 멀쩡하던 우리 누이가 왜 갑자기 앓아누운 것이냐?"

난설헌이 연이를 보고 고개를 살짝 내저었다. 허균에게 아무 말 말라는 뜻이다. 하지만 연이는 못 본 척 말을 쏟아 냈다. 조잘조잘 연이가 말을 뱉어낼 때마다 허균이 주먹을 꽉 그러쥐었다. 그러다 박산향로가 부서졌다는 소리에 깜짝 놀라 소리쳤다.

"누이, 허면 그 향로 때문에 이리 앓아누운 것이오? 혹시 문우진…… 읍!"

허균이 얼른 손바닥으로 자기 입을 틀어막았다. 그러고는 연이를 슬쩍 쳐다보며 말했다.

"너는 잠시 나가 있거라."

연이도 이야기를 더 듣고 싶었다. 하지만 허균의 명을 거역할 수는 없었다.

"피이, 요즘 두 분께 제가 모르는 비밀이 부쩍 많아진 것 같습니다."

연이가 입술을 삐쭉 내밀며 자리에서 일어섰다. 보통 몸종이라면 상상조차 할 수 없는 무례한 행동에도 허균이나 난설헌 모두 개의치 않았다. 연이가 나가자마자 허균이 말을 쏟아 냈다.

"누이, 툭 터놓고 말해 보시오. 앞으로 영영 문우진 선생을 못 만날까 봐 이러는 것이오? 아니면 누이도 나처럼 미래 세상이 궁금해 미칠 것 같소? 매형이 어제는 좀 심했다고 치더라도 그렇게 스스로 괴롭히는 게 어디 한두 번도 아니고. 강인한 누이가 왜 이리 힘없이 누워 있는 것이오?"

"균아."

난설헌이 조용히 허균을 불렀다.

"예예, 누이의 하나뿐인 동생 균, 여기 있소. 얼른 터놓고 말해 보시오. 그래야 내가 무어라도 해 줄 것 아니오?"

허균이 또 호들갑을 떨며 말했다. 난설헌이 나지막하게 말을 뱉었다.

"시끄럽구나."

"……."

난설헌은 허균을 자리에서 물렸다. 지금은 누구와도 말을 섞고 싶지 않았다. 조용히 혼자 마음을 가라앉히고 싶었다. 허균은 내키지 않아 보였으나 난설헌이 하는 말을 듣지 않을 수도 없었다.

허균이 나가자 난설헌의 눈이 부서진 향로에 가서 머물렀다. 허균 말대로 이제 영영 우진은 보지 못할 것이다. 그 사실에 가슴이 아렸다. 난설헌은 이내 고개를 저었다.

'아니야, 차라리 잘됐어. 이 몸으로 그 선비님을 다시 만난다니, 안 될 일이지.'

난설헌은 마음을 다잡았다. 처음에는 단순한 호기심이었다. 그런데 지금은…….

우진을 만나면 만날수록 혼란만 커질 뿐이었다. 난설헌은 마음속에 싹트는 낯선 감정을 애써 외면했다.

난설헌이 천천히 자리에서 일어섰다. 그리고 조심스럽게 미음을 떠 입으로 가져갔다. 넘어가지 않는 미음을 억지로 삼켰다. 그러면서 자신의 배를 가만히 어루만졌다.

"이 모든 게 내 운명인 것을……. 너만은 반드시 지킬 것이다."

뜻밖의 만남

'휘잉' 소리에 우진이 벌떡 일어나 주변을 살폈다.

"설헌 씨?"

누구도 대답하지 않았다. 바람이 창문을 흔드는 소리였다. 우진은 자리에 털썩 주저앉았다.

벌써 보름 가까이 지났다. 난설헌이 처음 우진 앞에 나타난 뒤로 이토록 오래 모습을 보이지 않은 적은 처음이었다. 우진이 다리를 덜덜 떨며 손톱을 물어뜯었다.

"무슨 일이 생긴 게 틀림없어. 설마⋯⋯."

우진이 재빨리 스마트폰을 켰다. 그러고는 무언가를 빠르게 검색했다.

"아니겠지? 벌써 일이 벌어졌으면 안 되는데⋯⋯. 어떻게든 막아야 하는데⋯⋯. 아, 설헌 씨⋯⋯."

"설헌이 누구요? 흠모하는 여인이오?"

그때 누군가 우진의 귓가에 바짝 다가와 속삭였다.

"어이쿠!"

우진은 너무 놀라 의자에서 떨어지고 말았다.

"허허. 보기보다 담이 작습니다, 그려."

허균이 비죽비죽 웃으며 서 있었다. 우진이 큼큼 헛기침을 하더니 아무렇지 않은 듯 자리에 앉았다.

"기척이나 좀 할 것이지. 큼큼."

"나도 눈떠 보니 선생 귓구멍 앞이었소."

허균이 어깨를 한 번 으쓱했다. 우진이 주변을 둘레둘레 살피며 물었다.

"그런데 설헌 씨는 왜 안 보입니까? 같이 온 거 아닙니까?"

"설헌 씨?"

허균이 손가락 하나로 콧등을 긁었다. 그러다 무릎을 치며 소리쳤다.

"아, 우리 누이 말이오? 선생이 그토록 애절하게 부른 설헌 씨가 바로 우리 누이였구려."

"애, 애절하게 부르긴 누, 누가 그랬답니까?"

우진의 얼굴이 금세 벌게졌다.

"훗, 곤란하신 것 같으니 더 따지지는 않겠습니다. 안타깝지만 오늘은 누이 없이 나 혼자 왔소만."

우진의 어깨가 눈에 띄게 밑으로 축 처졌다.

"거, 사람 앞에 두고 그렇게 노골적으로 실망한 티를 내도 되는 거요? 쯧쯧, 이곳에서는 군자의 도리도 안 가르치나 보군."

"시, 실망은 누가 실망을 했다고……. 잘 오셨습니다. 안 그래도 통 소식이 없어 궁금하던 참입니다. 뭐, 차라도 한 잔 드릴까요?"

우진이 커피포트를 손에 들며 물었다.

"그럼 어디 한번 미래 세상에서 가장 맛 좋은 차를 한 잔 내와 보시오."

마치 아랫사람 부리듯 구는 허균을 보며 우진은 고개를 절레절레 저었다.

"호로록. 호로록."

허균은 우진이 타 준 커피를 숨도 쉬지 않고 마셔 댔다.

"이것 참 독특한 맛과 향을 가졌소."

"입에 맞지 않으면 어쩌나 걱정했는데 다행이네요."

"첫맛은 쓴 듯한데 마시다 보면 또 달콤한 향이 퍼진단 말이지. 허허, 그것 참."

우진은 얼른 난설헌에 대해 묻고 싶었지만, 허균은 커피에만 온통 정신이 팔려있었다. 도무지 물어볼 틈을 주지 않았다. 결국 허균이 커피 한 잔을 다 마실 때까지 기다릴 수밖에 없었다.

빈 커피잔을 바라보며 허균이 쩝쩝 입맛을 다셨다. 우진은 결코 '한 잔 더 하시겠습니까?'라는 말을 입 밖에 내지 않았다. 대신, 허균을 본 순간부터 묻고 싶었던 말을 재빨리 물었다.

"설헌 씨한테 혹시 무슨 일이 생긴 건 아니지요?"

허균이 조금 뜸을 들이더니 입을 열었다.

"일이 있긴 있소만……."

"예? 대체 무슨 일입니까? 설마 형님이 벌써……."

우진은 여기까지 말하다 얼른 입을 틀어막았다. 지금껏 허허실실 웃던 허균의 눈빛이 날카롭게 변했다.

"설마 형님이 벌써……. 다음 말을 이어서 해 보시오."

우진이 허벅지에 손바닥을 쓱쓱 문지르며 어쩔 줄 몰라 했다. 이마에는 송골송골 땀까지 맺혔다.

"그렇지! 내가 왜 여태 그 생각을 못 했을까?"

허균이 갑자기 자리에서 벌떡 일어서더니 우진의 주위를 왔다 갔다 했다. 무언가 골똘히 생각에 잠긴 표정이었다. 우진은 허균의 눈치만 힐끔힐끔 살폈다.

허균이 우진 앞에서 딱 멈추어 섰다. 그러더니 그의 눈앞에 얼굴을 바짝 들이밀었다. 우진은 얼른 고개를 뒤로 뺐다. 하지만 허균은 물러서지 않았다.

"말해 보시오, 선생. 우리에 대해 뭘 알고 있는지."

"아, 알긴 내가 뭘 안다 그럽니까?"

우진이 발뺌하자 허균이 더욱 다그쳐 물었다.

"선생은 처음부터 우리에 대해 알고 있었소."

"아니, 나, 나는……."

우진의 눈동자가 빠르게 돌아갔다. 어떻게든 빠져나갈 구멍을 찾으려 했지만 둘러댈 말이 떠오르지 않았다.

"거짓을 고할 생각은 하지 마시오. 선생이 우리 이름을 듣고 소스라치게 놀랐던 걸 똑똑히 기억하고 있으니까. 내 문장 실력이라면 미래 세상에까지 이름을 떨치고도 남는다는 걸 나도 모르지 않소."

마지막 말을 덧붙이며 허균은 살짝 뽐내는 듯한 표정을 지었다.

"자, 잠시, 잠시만 나에게 생각할 시간을 좀 주세요."

우진이 허균으로부터 한 발짝 물러섰다.

"좋소. 하지만 오래는 안 되오. 향이 꺼지면 당장 조선 땅으로 되돌아가게 될 테니까."

"향?"

우진이 고개를 갸웃했다.

"그렇소. 어찌 된 연유인지 우리 누이가 갖고 있는 박산향로에 향을 피우면 이곳으로 온다오. 다시 조선으로 되돌아갔을 때는 향이 늘 꺼져 있고. 아무래도 그 향로에서 향이 피어오르는 동안만 이곳에 머물 수 있는 것 같소. 그러니 향이 꺼지기 전에 얼른 알고 있는 사실을 털어놓으시오."

난설헌이 가진 향로가 시간 여행의 통로였단 말인가. 마치 소설 속에서나 일어날 법한 일이었다. 우진은 처음 난설헌을 만났을 때처럼 얼떨떨한 기분을 떨칠 수 없었다.

"이보시오, 선생?"

허균이 넋을 놓고 있는 우진의 어깨를 툭툭 쳤다. 우진은 그제야 정신을 차렸다. 이내 무언가 결심한 듯 허균을 바라보며 물었다.

"허봉. 그분은 잘 계신가요?"

"호오. 우리 둘째 형님 이름까지 알고 있는 거요? 아무래도 우리 허씨 집안 전체를 빠삭하게 꿰고 있는 것 같구려."

"제가 묻는 말에 어서 대답해 주세요. 당신 형님께 아무 일 없나요?"

"아, 당연한 걸 왜 묻고 그러시오? 우리 형님은 지금 금강산 여기저기를 떠돌며 유랑 생활을 하고 있소만. 가만, 혹 우리 형님한테 무슨 일이 생기는 거요?"

우진이 숨을 한 번 크게 내쉬었다. 이윽고 천천히 입을 열었다.

"제 말 잘 들으십시오. 역사에 따르면, 허봉이란 분은 곧 세상을 떠날 겁니다."

"허억……."

허균의 몸이 휘청했다.

"그 죽음을 막아야 합니다."

"대체 그게 무슨…… 어어어!"

허균이 무언가 채 묻기도 전에 감쪽같이 사라지고 말았다.

잔뜩 긴장해 있던 우진은 힘없이 그 자리에 주저앉았다. 그러고는 가만히 중얼거렸다.

"제발 막아 주십시오. 무슨 일이 있어도 반드시……. 그래야 설헌 씨가 살아요."

'이미 정해진 역사를 바꿔도 되는 걸까. 그럼 무슨 일이 일어나

는 거지? 혹시 더 큰 불행이 닥치는 건 아닐까.'

우진은 문득 겁이 났다. 하지만 지금은 그저 난설헌을 살려야 한다는 마음, 오직 그 마음뿐이었다. 다른 건 그에게 중요하지 않았다.

우진이 진열장 앞으로 걸음을 옮겼다. 난설헌이 떨어뜨리고 간 꽃잎이 보였다. 주인에게서 떨어져 홀로 남은 꽃잎이 무척이나 쓸쓸해 보였다. 그러다 문득 옆에 있는 향로에 눈길이 머물렀다.

"시간 여행을 하게 해 주는 향로라……."

자신이 가진 향로가 그런 일을 가능하게 해 줄 리 없다는 걸 알면서도 우진은 오래오래 그 향로를 바라보았다.

＊ ＊ ＊

"아씨, 좀 쉬엄쉬엄 하세요. 그러다 또 쓰러지시겠어요."

연이가 난설헌 옆에서 엉덩이를 들썩이며 안절부절못했다.

"괜찮다. 쓰러지지 않으려고 이러는 거야."

난설헌은 붓을 들어 천천히 시를 써 내려갔다.

"벌써 몇 식경째 이러고 계시는 거잖아요. 어휴, 참!"

향로가 부서진 뒤 난설헌은 더욱 시 쓰는 일에 몰두했다. 어지러운 마음을 애써 다잡기 위한 방책이었다. 복잡한 마음을 풀어낼 곳은 역시 한지 위뿐이었다.

"그럼 뭐라도 좀 드시면서 하세요. 제가 단감이라도 몇 개 가져

올게요."

연이는 난설헌을 말리는 걸 포기했는지 자리를 털고 일어섰다. 난설헌은 이제야 방해받지 않고 시 쓰는 일에 온전히 몰두할 수 있겠다는 생각에 붓을 쥔 손에 더욱 힘을 주었다.

아침에도 생각
저녁에도 생각
생각나는 곳 그 어디일까.
만 리 길이라 끝이 없구려.
바람과 물결 탓에 넘기가 어렵고,
구름과 기러기도 기약하기 아득해.
내가 쓴 편지를 맡길 곳이 없어,
내 마음은 실타래처럼 엉켜 버렸어요.

잠시 뒤, 연이가 돌아와 반갑지 않은 소식을 전했다.
"아씨, 마님께서 잠시 건너오라고 하십니다."
"흐음, 어머님께 금방 가겠다 전해라."

난설헌은 아쉬운 마음을 접고 붓과 벼루를 정리했다. 오늘은 아무래도 더는 시를 쓰기 힘들 것 같았다.

난설헌이 내키지 않는 걸음으로 송씨 부인 방에 들어섰다. 송씨 부인은 난설헌을 보자마자 바닥에 한지 뭉치를 집어 던졌다. 난설헌이 쓴 시가 적힌 한지였다. 앉은 자리에서 날벼락을 맞은 난설헌은 눈만 깜빡거리며 송씨 부인의 얼굴을 바라보았다.

"고얀 것."

송씨 부인 입술이 파르르 떨렸다. 난설헌은 잠시 놀란 가슴을 진정시킨 뒤 목소리를 낮게 깔며 물었다.

"어머님, 무슨 연유로 그리 노하셨습니까? 말씀을 해 주세요."

"무슨 연유? 네가 정녕 그것을 몰라서 묻는 것이냐?"

송씨 부인이 바닥에 흩어진 한지 한 장을 집어 들었다. 그러고는 바짝 간 칼날 같은 목소리로 소리 내 읊었다.

봄바람 화창함이여, 백화가 만발하니,
철 따른 만물의 번성함이여, 온갖 감회 드노라.
여인이 골방에 있음이여, 사모함을 끊으려니,
그대를 생각함이여, 창자가 끊어지는 듯.
한밤이 이슥토록 잠을 못 이름이여.
새벽닭이 꼬꼬하고 울어 대는구려.

"그래. 창자가 끊어지는 듯 사모하는 이가 누구더냐? 배 속에 아이까지 가지고서 이런 불경한 마음을 품다니!"

송씨 부인이 난설헌을 매섭게 노려보았다. 난설헌이 잠시 멈칫했다. 그러다 이내 마음을 가라앉히고 천천히 입을 열었다.

"어머님, 그것은 한낱 시에 불과합니다. 그저 방에 앉아 보잘것없는 재주를 조금 뽐내 보았을 뿐, 아무 의미도 없습니다."

"발칙한 것. 또 누구를 속이려고? 그래, 너는 늘 그런 식이었다. 혼인하기 전에도 그랬지. 어디 양반집 규수가 천한 노비 옷을 입고 남장까지 해 시댁 될 집에 찾아와? 순진한 우리 성립이는 속았을지 몰라도 나는 네 그 발칙한 짓에 속아 넘어가지 않는다."

난설헌의 가슴이 쿵 내려앉았다.

'어머님은 알고 계셨구나……'

그날 송씨 부인과 마주친 것이 실수였다. 뒤늦게 후회해 봤자 소용없는 일이었다. 양반가 규수의 법도를 목숨보다 중시하는 송씨 부인이 얼마나 놀랐을지 헤아리고도 남았다.

난설헌은 더는 아무 대꾸도 하지 않았다. 무슨 말을 해도 송씨 부인이 자신을 믿어줄 리 없었다. 오히려 말을 하면 할수록 송씨 부인의 화만 돋울 뿐이다.

"내 눈앞에서 썩 물러가라. 그리고 앞으로 내 명이 있기 전까지 대문 밖으로는 한 발짝도 못 나갈 줄 알아라."

난설헌은 조용히 그 자리에서 물러 나왔다.

어둑어둑해진 밤하늘에 눈썹처럼 생긴 달이 홀로 떠 있었다. 캄캄한 어둠을 뚫고 가까스로 희미한 빛을 내뿜는 달이 금방이라도 어둠 속으로 사그라들 것 같았다.

달은 간신히 어둠을 견디고 있었다. 마치 지금의 난설헌처럼.

가자, 금강산으로

"하아, 이 일을 어쩐다! 누이에게 고해? 말아?"

허균은 아까부터 난설헌 집 앞을 서성였다.

'형님이 곧 죽는다니……'

허봉은 불혹의 나이도 채 되지 않았다. 일 년간 유배 생활을 하긴 했지만, 특별히 몸이 상했다는 이야기도 듣지 못했다. 그런 허봉이 죽는다는 말을 허균은 도무지 믿을 수 없었다.

하지만 대수롭지 않게 넘겨 버리기에는 마음 한구석이 영 찜찜했다. 우진은 미래에 사는 사람이다. 그러니 자신들에게 일어날 일을 미리 알고 있다 해도 이상하지 않다. 우진은 분명 허봉의 죽음을 막아야 한다고 했다. 허튼소리를 하는 것처럼 보이지는 않았다.

그러면서도 한편으로는 이상한 생각이 들었다. 자신들과는 아무런 상관없는 미래에 사는 자가 이미 죽음이 예정된 이의 운명을 왜 바꾸라고 했는지 이해할 수 없었다. 굳이 앞으로 벌어질 일을 알려 준 이유도 선뜻 납득하기 어려웠다.

'혹 형님의 죽음이 더 큰 불행을 가져오는 것일까. 반드시 막아야 할 만큼?'

허균은 가만히 수염을 쓸어내렸다.

"흠, 아무리 생각해도 모르겠단 말이야."

신동 소리를 듣고 자란 허균이지만 이 문제만큼은 도저히 혼자 풀기 어려웠다. 어젯밤 우진을 만나고 온 뒤 밤새 한숨도 자지 못했다. 어려운 문제를 상의할 사람은 딱 한 사람, 누이밖에 없었다. 하지만 누이에게 모든 걸 털어놓는 것도 마음에 걸리기는 마찬가지였다.

"충격을 받아 배 속 아이가 또 잘못되기라도 하면……. 허허, 안 될 일이지."

허균은 고개를 절레절레 흔들었다. 잠시 머뭇거리던 허균은 이내 발길을 돌렸다. 난설헌에게 자신의 고민을 나눠지게 할 수는 없었다.

그때 허균을 부르는 낭랑한 목소리가 들렸다.

"작은 서방님, 아씨 뵈러 오셨어요?"

연이였다. 허균은 복잡한 속내를 들키지 않으려 애쓰며 아무렇지 않게 답했다.

"아니, 그런 건 아니고. 그냥 요 앞을 지나가는 길이다."

"그럼 지나는 길에 아씨 얼굴이나 보고 가세요. 아씨 얼굴이 말이 아니랍니다. 음식도 입에 잘 안 대시고 부쩍 수척해지신 게, 쯧쯧, 안쓰러워 죽겠습니다. 배 속 애기씨를 생각해서라도 얼른 기운을 차리셔야 하는데⋯⋯."

"허허, 향로가 부서진 것 때문에 아직도 그리 상심이 큰 것이냐?"

허균이 걱정스러운 목소리로 묻자 연이가 고개를 갸웃했다.

"향로요? 글쎄요. 무엇 때문인지는 쇤네도 잘 모르겠습니다. 궁금하시면 직접 가서 물어보셔요."

허균은 연이 손에 이끌려 할 수 없이 난설헌에게 갔다. 난설헌은 방 안에 가만히 누워 있었다. 연이 말대로 얼굴이 말이 아니었다. 마치 송장이 누워 있는 것 같았다. 허균이 난설헌 옆에 바짝 다가앉으며 물었다.

"누이, 고작 하룻밤 사이에 왜 이렇게 야윈 것이오? 제대로 먹기나 하는 거요?"

난설헌이 천천히 자리에서 일어섰다.

"수선 피울 것 없다. 그저 기운이 조금 없는 것뿐이니."

"그저 기운이 조금 없는 게 아닌 것 같은데? 연이야, 너는 잠깐 나가 있거라."

허균이 연이를 보고 눈짓했다. 연이가 고개를 꾸벅 숙인 뒤 자리에서 일어섰다.

허균은 가만히 난설헌의 얼굴을 바라보았다. 한참을 누이 얼굴만 바라보던 허균이 한숨을 혹 내쉰 뒤 입을 열었다.

"누이는 정말 못 말리오. 이러고 있으니 더는 숨길 수가 없지 않소?"

"무얼 말이냐?"

난설헌은 영문을 모르겠다는 듯 허균을 바라보았다.

"누이, 사실 말이오. 그 신비한 박산향로는……."

허균이 침을 한 번 꿀꺽 삼킨 뒤 말을 이었다.

"……부서지지 않았소."

난설헌의 한쪽 눈썹이 꿈틀했다.

"그, 그게 무슨 말이냐? 그 향로는 분명 서방님이……."

난설헌의 말이 끝나기도 전에 허균이 말을 가로챘다.

"그건 내가 바꿔치기한 가짜 향로요."

난설헌의 입이 살짝 벌어졌다.

"뭐어? 가짜 향로……?"

"그렇소. 누이가 미래로 갈 수 있는 길은 여전히 살아 있소. 가서 문우진 선생도 다시 만날 수 있단 말이오. 그러니 이러고 있지 말고 어서 털고 일어나시오."

그랬다. 미래로 시간 여행을 할 수 있는 박산향로는 부서지지 않았다. 부서진 건 허균이 몰래 바꿔치기해 놓은 가짜 향로였다. 어젯밤 허균이 혼자 우진을 만나고 올 수 있었던 이유도 다 그 덕분이었다.

향로의 비밀을 안 뒤 허균은 잠을 이루지 못했다. 다시 미래 세상에 다녀오고 싶어 좀이 쑤셨다. 난설헌이 순순히 향로를 내줄 리도 없고, 방법은 하나였다. 난설헌 손에 있는 박산향로를 몰래 가져오는 것.

그러기 위해 온 장터를 수소문해 향로 하나를 구했다. 얼핏 보면 신비한 박산향로와 구분하기 힘들었다. 허균은 기회를 틈타 향로를 슬쩍 바꿔치기했다.

그런데 갑자기 들이닥친 김성립이 박산향로를 망가뜨릴 줄이야. 허균이 향로를 바꿔치기한 게 바로 그날 아침이었다. 허균이 아니었다면 꼼짝없이 그 신비한 박산향로를 잃을 뻔한 것이다.

"누이, 또 하나 의논할 게 있소. 사실 어제 문우진 선생을 만나고 왔는데……."

허균 혼자서 우진을 만나고 왔다는 말에 난설헌은 또다시 놀라움을 금치 못했다.

"허어, 너야말로 정말 못 말리는 아이로구나."

"미안하오, 누이. 그런데 지금 그게 문제가 아니오. 흐음, 이걸 누이한테 이야기하는 게 옳은 일인지 잘 판단이 서지 않지만, 아무래도…… 하는 게 맞는 것 같소."

난설헌에게 허봉이 어떤 존재인지는 누구보다 허균이 잘 알고 있었다. 혹 우진 말대로 허봉에게 무슨 일이 생긴다면, 가장 먼저 알아야 할 사람은 다른 누구도 아닌 난설헌이었다.

"어제 문우진 선생이 나에게 이상한 말을 했소."

난설헌이 궁금한 표정으로 허균을 바라보았다. 허균은 한참을 머뭇거리다 이내 결심을 굳힌 듯 천천히 입을 열었다.

"누이, 놀라지 마시오. 아무래도 둘째 형님한테…… 곧 일이 생길 것 같소."

난설헌이 입술을 바르르 떨며 소리쳤다.

"그, 그게 대체 무, 무슨 소리냐?"

"나도 정확한 건 모르오. 형님이 곧 죽을 거라고, 그 죽음을 막아야 한다고……. 문우진 선생이 그 말을 꺼낸 순간 조선으로 돌아와 버렸소."

"하아……."

난설헌이 손바닥으로 이마를 짚었다. 금방이라도 쓰러질 듯 몸이 휘청했다.

"누이, 괜찮으시오?"

"……괜찮다."

난설헌이 크게 숨을 내쉬었다.

"내 이럴까 봐 누이한테는 비밀로 하려 했는데……. 어휴, 하여튼 내 입이 방정이오."

허균이 자기 입을 톡톡 때렸다.

"아니다. 말하지 않았다면 도리어 크게 화를 냈을 거야."

난설헌이 갑자기 고개를 번쩍 들었다.

"균아, 아무래도 이러고 있을 때가 아닌 것 같구나."

그러더니 허균의 귀에 대고 무언가를 가만히 속삭였다. 허균이 걱정스러운 표정으로 난설헌을 바라보았다. 난설헌이 입술을 앙다물었다. 낯빛에서 굳은 의지가 엿보였다.

난설헌은 밤새 이리 뒤척, 저리 뒤척거리며 잠을 이루지 못했다. 설핏 잠이 들었을 때는 악몽을 꾸는 바람에 놀라 벌떡 일어났다.

난설헌은 동이 터 오르기 직전 연이를 불렀다. 그러고는 연이에게 무언가를 일렀다. 연이 입이 크게 벌어졌다. 손을 휘저으며 거부하는 몸짓도 보였다. 하지만 마지막으로 난설헌이 내뱉은 말을 듣고는 연이도 고개를 끄덕였다.

난설헌은 그길로 몰래 집을 빠져나왔다. 그녀는 곧장 허균 집을 찾았다. 허균이 말 한 마리와 가마를 가지고 나왔다. 난설헌은 서둘러 가마에 올랐다. 허균도 말 위에 올라 고삐를 세게 쥐었다. 둘은 금강산에 있는 한 암자를 향해 힘차게 발을 떼었다.

난설헌은 연이에게 자신의 역할을 잠시 맡아 달라고 부탁했다. 화관을 쓰고 서안 앞에 앉아 붓을 놀리는 척해 달라고 했다. 자신이 한양을 빠져나갈 때까지만 연이가 버티어 주면 될 거라 여겼다.

물론 금세 들통날 것이다. 하지만 뒷일은 일단 오라버니를 만나고 온 뒤 생각하기로 했다. 아무리 엄격한 송씨 부인이라지만 자신이 없는 사이 전후 사정도 듣지 않고 연이를 어쩌지는 않을 것이다.

앞서가던 허균이 말을 조금 천천히 몰며 난설헌 옆으로 다가왔다. 난설헌이 가마 옆에 난 문을 살짝 열었다. 허균이 걱정스러운 목소리로 입을 열었다.

"누이, 둘째 형님이 곧 죽을 거라는 문우진 선생 말이 정말 사실이라고 생각하오?"

"그 선비님이 허튼소리를 할 분으로는 보이지 않더구나. 어서 빨리 오라버니를 만나 보는 수밖에."

"허허, 참. 유배가 끝나고도 돌아오지 않고 이리저리 떠돌 때부터 내 불안하긴 했소. 이이 대감도 지난 일은 다 용서한다 했고, 전하께서도 충심에서 한 말이라는 걸 인정한 마당에 왜 홀로 고집을 피우는지."

허균이 안타까운 듯 혀를 끌끌 찼다. 그러다 난설헌의 배를 슬쩍 쳐다보며 물었다.

"가는 길이 험할 텐데 괜찮겠소?"

"오라버니한테 무슨 일이 생기기 전에 우리가 막아야 하지 않겠느냐? 나는 괜찮으니 걱정하지 마라. 마침 잘되었다. 안 그래도 오라버니를 한번 뵙고 싶던 참이었다."

"혹시 그 향로 때문에 그러시오?"

난설헌이 아무 대꾸도 하지 않자 허균이 짐짓 흥분한 척 목소리를 높였다.

"누이가 안 물으면 나라도 좀 물어봐야겠소. 둘째 형님이 대체 그 향로를 어디서 구했는지, 왜 누이한테만 그 신비한 향로를 선물했는지! 어려서부터 둘째 형님 사랑을 독차지한 누이는 모를 것이오. 내가 얼마나 샘이 나는지."

허균은 마치 어린 시절로 돌아간 듯 입을 불퉁거리며 내밀었다. 난설헌은 허봉에 대한 걱정도 잠시 잊고, 허균이 투정 부리는 모습이 귀여워 '픗' 웃음을 터트렸다. 그러다 허균을 좀 달래 주어야겠다는 생각이 들었다. 어차피 금강산까지 가려면 꽤 긴 여정이 될 터였다. 난설헌이 허균 귀가 번쩍 뜨일 만한 이야기를 시작했다.

"미래 세상은 참으로 놀랍더구나."

가마꾼들이 듣고 있었지만 크게 신경 쓰지 않았다. 난설헌이 미래 세상에 다녀왔다고 한들 그걸 믿을 사람은 없었다. 그저 서책에서 본 이야기를 하는 것으로 여길 터였다.

"어! 미래 세상에서 문우진 선생 말고 뭐, 또 본 거라도 있소? 왜요? 뭐가 그리 놀랍더이까? 미래 세상에는 불을 뿜는 용이라도 사는 것이오?"

아니나 다를까. 미래 세상 이야기가 나오자마자 허균은 침을 튀기며 난설헌에게 질문을 쏟아 냈다. 그녀가 아득해진 눈으로 먼 산을 바라보며 입을 열었다.

"미래 세상에는 남자도 여자도, 반상의 구별도 없더구나."

난설헌은 자신이 보고 온 세상에 대해 자세하게 설명해 주었다. 허균은 한마디라도 놓칠까 가마 옆에 바짝 붙어 귀를 기울였다.

난설헌의 이야기를 다 들은 허균 머릿속에 문득 어떤 이야기 하나가 떠올랐다. 서자로 태어나 차별받던 인물이 새로운 세상

을 세우는 이야기였다. 그 세상에서는 미래 세상처럼 남녀 차별
도, 반상의 구별도 없이 모두가 평등할 것이다.

허균은 집으로 돌아가는 대로 곧장 이 이야기를 써야겠다고 마
음먹었다. 그것이 훗날 《홍길동전》이라는 위대한 작품으로 남
을 줄은 허균도, 난설헌도 이때는 알지 못했다.

허봉을 만나러 가는 길은 쉽지 않았다. 무엇보다 아이를 가진
난설헌이 힘겨워 했다. 하지만 난설헌은 가던 길을 멈추지 않았
다. 반드시 허봉을 만나고 말겠다는 의지가 워낙 강한 탓에 허
균도 말리지 못했다. 허균 역시 허봉이 걱정되는 것은 마찬가지
였다.

보름 가까이 지나 드디어 허봉이 머무르는 암자에 다다랐다.
높이 솟은 소나무가 병풍처럼 뒤에 빽빽이 늘어서 있고, 앞에는
물이 흐르는 조그만 암자였다.

"형님! 형님! 저희 왔습니다."

허균이 암자에 들어서며 큰소리로 외쳤다. 난설헌은 옆에 서서
이마에 맺힌 땀을 닦아 내었다. 아무리 산속이라지만 한여름인
지라 햇볕이 제법 따가웠다.

삐그덕. 방문이 열리더니 삐쩍 마른 얼굴이 불쑥 나타났다. 허
균이 잠시 고개를 갸웃거리더니 얼른 달려가며 소리쳤다.

"아이고, 형님! 얼굴이 왜 이리 상하셨소?"

"오라버니……."

난설헌은 허봉을 보자마자 목이 콱 메었다. 그토록 그리워하던

오라버니가 지금 눈앞에 있었다.

"허허, 어젯밤 꿈에 학 두 마리가 보이더니 너희 둘이 오려고 그런 꿈을 꾸었나 보구나. 허허허."

허봉이 소탈하게 웃음을 터트리며 두 사람을 반겼다. 아주 오랜만에 세 남매가 한자리에 모였다. 그리움과 반가움에 난설헌은 자꾸만 목이 메어왔다. 금강산의 빼어난 경치가 울컥하는 난설헌의 마음을 조금 달래주었다. 풍성한 잎사귀를 늘어뜨린 나무들이 세 남매를 포근히 감싸주고 있었다.

끝내 막을 수 없는 일

　허기진 배를 채우며 세 사람은 그간의 회포를 풀었다. 난설헌이 아이를 가졌다는 소식에 허봉은 다른 누구보다 기뻐했다. 오라버니의 웃는 얼굴을 보는 난설헌 역시 기뻤다.

　상을 물리고 나서 허균은 본격적으로 하고 싶은 말을 꺼냈다. 우선 신비한 박산향로에 대한 이야기부터 들려주었다. 향로를 통해 미래 세상에 다녀왔다는 이야기에서는 놀랄 법도 한데, 허봉은 눈썹 하나 꿈틀하지 않았다.

　난설헌은 둘 중 하나라고 여겼다. 오라버니가 허균이 하는 말을 믿지 않거나, 이미 향로의 비밀을 알고 있거나. 난설헌은 왠지 후자일 거라는 예감이 강하게 들었다.

　한참 신이 나서 이야기를 늘어놓던 허균은 마지막으로 우진이 한 말을 조심스레 전했다. 그러고는 걱정스러운 눈빛으로 허봉을 바라보았다.

"그러니 형님, 이제 이곳 생활은 청산하고 우리랑 같이 한양으로 돌아갑시다. 몸 생각을 하셔야지요. 여기 이러고 혼자 있다가 진짜로 무슨 일이라도 생기면 어떡합니까? 약주도 좀 줄이시고요."

허봉은 자신이 죽는다는 말에도 눈썹 하나 까딱하지 않았다. 그저 가슴팍까지 기른 수염을 가만히 쓸어내릴 뿐이었다. 그러다 덤덤한 목소리로 말했다.

"이미 나는 세상을 등진 몸. 전하를 뵐 면목도, 세상을 다시 마주할 용기도 나지 않는구나. 나는 이곳이 좋다."

"어이구, 참. 내 이럴 줄 알았지. 누이. 누이가 좀 말해 보시오. 우리 형님은 내 말에는 콧방귀도 안 뀐다니까."

가만히 허봉을 바라보던 난설헌이 천천히 입을 열었다.

"오라버니는 제게 아버지요. 지아비나 마찬가지입니다. 오라버니도 아시지요? 오라버니마저 훌쩍 떠나시면 저는……."

난설헌은 차마 다음 말을 잇지 못했다. 생각만으로도 목이 메었다. 말하지 않아도 허봉은 분명 난설헌의 마음을 헤아릴 것이었다.

허봉은 아무 대꾸도 하지 않고 가만히 생각에 잠겼다. 그러다 곧 아무렇지 않게 입을 열었다.

"아직 일어나지도 않은 일을 앞서 걱정할 것 없다. 사람이 죽고 사는 일은 하늘에 달렸다는 것을 너희도 잘 알지 않느냐? 영원

불사의 삶을 원했던 진시황도 결국 제 운명을 거스르지는 못했다. 죽을 운명이라면 내가 아무리 애쓴다 해도 어쩌지 못할 터. 그건 여기에 머무르나 한양으로 돌아가나 마찬가지겠지."

"오라버니, 하지만……."

"혹 그 선생 말대로 죽을 날이 얼마 안 남았다면, 남은 시간이라도 마음 편히 지내다 떠나고 싶구나. 그러니 너무 심려치 말고 돌아가거라."

세 사람 사이에 한참 동안 실랑이가 벌어졌다. 하지만 허봉은 금강산에 깊숙이 뿌리 박힌 커다란 나무처럼 꿈쩍도 하지 않았다. 아무리 이곳에 오래 머무른다 한들 허봉의 고집을 꺾을 수 없다는 건 난설헌도, 허균도 누구보다 잘 알았다.

허균이 먼저 두 손을 들었다.

"후유, 저 황소고집! 형님 고집은 하여튼 조선 땅 최고요."

그러더니 무언가 생각난 듯 말을 꺼냈다.

"끝나지 않을 논쟁은 이쯤에서 그만두고, 그 신비한 박산향로를 어떻게 손에 넣게 됐는지나 들려주시구려. 여기까지 온 수고에 대한 보답은 해 주셔야 하는 거 아니오?"

허균은 기어이 박산향로에 대해 듣고야 말겠다는 기세였다. 허봉은 그럴 줄 알았다는 듯 '허허' 웃으며 수염을 한 번 쓸어내렸다. 그러고는 신비로운 전설을 이야기하듯 천천히 입을 열었다.

"내가 머물 곳을 찾아 금강산을 떠돌 때였다. 어느 날, 허연 수염이 발끝까지 오는 스님 한 분을 만났지……."

깊은 산속에서 사람을 만나는 일은 흔치 않았다. 스님의 눈빛도 범상치 않았다. 허봉은 반가운 마음에 스님과 이런저런 이야기를 나누었다. 그러다 난설헌 이야기가 나왔다. 허봉은 그때도 난설헌의 불행한 결혼 생활을 자신의 탓이라 여기며 자책하고 있었다.

재주 좀 있다고 자기 잘난 맛에 사는 사내보다는 조금 부족해도 사람 좋은 이가 난설헌의 배필로 적당할 거라 여겼다. 마침 절친한 친구 김첨도 아들의 짝을 찾고 있었다. 김첨의 아들이라면 더할 나위 없이 좋을 거라 생각했다.

그 생각이 얼마나 큰 착오였는지, 난설헌이 혼례를 올리자마자 허봉은 깨달았다. 비교적 자유로웠던 허씨 집안과 달리 법도와 체통을 우선시하는 엄격한 시댁 분위기에 난설헌은 좀체 적응하지 못했다. 더구나 심성만은 고울 거라 여겼던 김성립이 그리도 못난 사내일 줄은 몰랐다. 난설헌이 김성립에게 시집가지 않겠다고 했을 때 그 말을 들었어야 했다는 후회와 자책이 날마다 허봉을 덮쳤다.

가만히 이야기를 듣던 스님은 품속에서 무언가를 꺼내 허봉에게 건넸다. 그것이 바로 신비한 박산향로였다.

"오랫동안 이 향로를 어찌해야 하나 고민했는데, 오늘에야 임자를 만난 것 같군요. 아무래도 이 향로의 주인은 당신 누이인 것 같소."

그 박산향로는 백제 시대 때부터 전해 내려온 것이었다. 예로부터 하늘과 땅을 연결하는 장소로 여기던 산 모양으로 뚜껑을 만들어, 신선 세계로 가고 싶어 하는 인간의 소망을 담았다고 했다.

허봉은 향로를 보자마자 범상치 않은 물건임을 직감했다. 향로의 쓰임을 알고는 더욱 놀랐다. 도무지 믿을 수 없는 일이었지만, 어쩌면 이 향로로 난설헌에게 한 잘못을 조금이나마 갚을지 모른다는 희망이 마음 한구석에서 조금씩 자라났다. 그렇게 향로는 허봉 손을 거쳐 난설헌에게로 갔다.

"허허, 참. 그 스님, 알다가도 모를 분이오. 아, 왜 하고많은 사람 중 우리 누이를 콕 찍었단 말이오? 형님도 그렇소. 형님 동생이 누이뿐이오? 나도 있지 않소. 누이에게 향로를 주기 전에 나한테 살짝 귀띔이라도 해 주면 얼마나 좋소? 내가 누이 물건을 가로챌 사람도 아니고! 정말 섭섭하오."

허균은 향로를 갖지 못한 서운함을 내비치며 툴툴거렸다.

"허허, 바로 네 그런 점이 문제다. 네가 만약 향로의 주인이 되었다면……. 으, 아마 이 조선 땅이 수천 번은 더 뒤집혔겠지."

허봉은 이렇게 말하며 고개를 절레절레 흔들었다.

"아, 형님! 계속 이렇게 나오실 겁니까?"

난설헌은 티격태격하면서도 정이 담뿍 담긴 눈으로 서로를 보고 있는 두 사람을 흐뭇하게 바라보았다. 이러고 있으니 어린 시절 함께 글공부하던 때가 떠올랐다. 아무 근심도, 두려울 것도 없던 시절이었다.

"오늘 하룻밤만 여기서 자고 내일 바로 떠나거라."

허봉이 난설헌을 바라보며 말했다. 아무래도 난설헌이 시댁에서 겪을 고초가 걱정되는 모양이었다.

"아, 오랜만에 만난 형제들을 이리 빨리 쫓으실 거요?"

이렇게 말하는 허균도 허봉 말을 거스르지는 않았다. 홀몸도 아닌 난설헌이 한마디 말도 없이 집을 떠나왔다. 오라버니가 죽는다는 걸 미리 알고 찾아갔다는 말을 누가 믿을 수 있으랴. 어차피 허봉을 데려가지 못한다면 한시라도 빨리 돌아가는 게 난설헌을 위한 길이었다.

밤이 깊도록 세 사람의 이야기보따리는 도통 바닥을 드러낼 줄 몰랐다. 동이 틀 무렵에야 겨우 눈을 붙인 셋은 해가 머리 꼭대기에 떠오를 때가 되어서야 겨우 자리에서 일어났다. 그리고 난설헌과 허균은 허봉에게 떠밀려 서둘러 길을 나설 수밖에 없었다.

"부디 잘 지내야 한다."

허봉이 난설헌의 두 손을 꽉 잡으며 말했다.

"오라버니도 부디 몸조심하십시오. 저에게 말 한마디 없이 훌쩍 떠나시면 평생 원망할 겁니다. 적어도 보름에 한 번씩은 서찰로 소식을 전해 주세요."

"허허. 그래. 알았다. 걱정하지 말고 너는 배 속 아이에게나 신경 쓰거라."

난설헌은 차마 떨어지지 않는 발걸음을 억지로 돌렸다. 점점 작아지는 허봉이 안 보일 때가 되어서야 뒤돌아보는 것을 그만

두었다. 그렇게 난설헌과 허균은 한양으로 돌아왔다.

달포 만에 돌아온 난설헌을 보고 시댁에서는 난리가 났다. 특히 송씨 부인은 노발대발하며 난설헌에게 모진 말을 쏟아부었다. 하지만 난설헌은 아무 말 하지 않고 송씨 부인의 분노를 묵묵히 받아 안았다. 오라버니를 보고 왔으니 그 정도쯤은 아무것도 아니었다.

불안함 속에 시간은 천천히 흘렀다. 난설헌은 이제 허봉에게서 소식이 오기만을 기다리며 하루하루를 보내고 있었다. 다행히 허봉은 난설헌과 한 약조를 지켰다. 보름에 한 번씩 꼬박꼬박 서찰을 보내 그녀를 안심시켰다.

박산향로는 오랫동안 문갑 밖으로 나오지 못했다. 어찌 된 일인지 난설헌은 허균에게서 박산향로를 돌려받은 뒤 단 한 번도 향을 피우지 않았다.

"누이, 그렇게 귀한 물건을 쓰지 않을 거면 나한테 주시오."

허균이 찾아와 투덜거리는 일이 늘었지만, 난설헌은 꿈쩍도 하지 않았다. 대신 단호한 목소리로 경고했다.

"또다시 나 몰래 향로를 가져갈 생각은 하지도 말거라."

"허허, 대체 왜 향로를 쓰지 않는 것이오? 누이는 미래 세상이 궁금하지 않소? 한 번 보고 왔다고 배짱 튕기는 것이오?"

허균은 답답한 마음에 가슴을 탕탕 쳤다. 하지만 난설헌은 그저 이렇게 말할 뿐이었다.

"나는 왠지 두렵구나."

허균은 끝내 난설헌의 고집을 꺾지 못했다.

그러던 중에 결국, 그 일이 일어나고 말았다.

"아씨, 아씨!"

연이가 하얗게 질린 얼굴로 방으로 뛰어 들어왔다. 선이를 잃었을 때 느꼈던 그 불길함이 난설헌을 덮쳤다. 하지만 난설헌은 애써 불길한 마음을 누르며 차분한 목소리로 물었다.

"왜 이리 호들갑을 떠는 것이냐?"

연이가 어쩔 줄 몰라 하며 발만 동동 굴렀다.

"무슨 일인지 어, 어서 고하거라."

난설헌 목소리가 조금 떨렸다. 연이가 입술을 안으로 한 번 말아 넣은 뒤 간신히 입을 열었다.

"두, 둘째 서방님이, 둘째 서방님이……. 어흐흑!"

연이는 미처 말을 끝내지 못한 채 그 자리에 주저앉았다.

"허억……."

난설헌의 몸이 앞으로 고꾸라질 듯 휘청거렸다.

"아씨! 괜찮으셔요?"

난설헌의 입술이 파들파들 떨렸다.

"오라버니, 오라버니가 결국……. 내가 옆에 있어 주었어야 했는데…… 그렇게 돌아오지 말았어야 했는데……. 하아……."

난설헌이 까무룩 정신을 잃고 쓰러졌다.

"아씨!"

연이가 재빨리 다가가 난설헌을 붙잡았다. 그러고는 밖을 향해 소리쳤다.

"어서 의원을 불러라! 아씨께서 쓰러지셨다!"

난설헌은 세 식경이 지나서야 정신을 차렸다. 송씨 부인은 행여 배 속 아이가 잘못되기라도 했을까 봐 안절부절못하고 있었다. 소식을 듣고 온 김성립은 잠깐 얼굴을 비친 뒤 난설헌이 깨어나자 돌아갔다. 허균이 달려와 난설헌 옆을 지켰다.

"누이, 정신이 좀 드시오?"

"균아······."

난설헌은 목이 메어 더 말을 잇지 못했다. 눈에서 눈물이 주르르 흘러내렸다. 허균이 난설헌의 손을 잡았다.

"누이마저 잘못되면 나는 못 삽니다. 그러니 기운을 차리세요. 형님도 누이가 이러고 있는 걸 보면 편히 갈 수 있겠습니까?"

난설헌은 입술을 꾹 깨물었다. 하지만 하염없이 흘러내리는 눈물을 막을 수는 없었다. 허균도 끅끅 소리를 내며 터져 나오는 울음을 힘겹게 삼켰다.

두 사람은 속절없이 떠나보낸 허봉을 그리며 그렇게 밤을 지새웠다.

＊ ＊ ＊

"문우진, 내 말 듣고 있는 거야?"

안은경이 빽 소리쳤다. 얼마 전 우진이 보내온 방귀 동화에 대해 출판사 의견을 전달하러 온 참이었다. 그런데 우진은 아까부터 쭉 넋을 놓고 있었다. 안은경은 더는 참을 수 없었다. 귀청을 뚫을 것 같은 안은경 목소리에 우진이 움찔 놀라며 손에 든 펜을 다시 그러쥐었다.

"앗, 미, 미안. 방금 뭐라고 했지?"

"문우진, 나 좀 봐 봐."

"응? 왜? 뭐?"

우진은 본능적으로 팔을 들어 얼굴을 막았다. 안은경이 우진의 팔을 거칠게 내리며 물었다.

"너 요즘 정말 이상해. 무슨 일 있지? 자칭, 타칭 문우진 전문가인 이 안은경을 속일 생각하지 말고 좋은 말로 할 때 털어놔라."

안은경이 손가락을 우두둑 꺾으며 으름장을 놓았다. 우진이 한숨을 푹 내쉬었다.

"말해도 어차피 믿지 않을 거잖아."

안은경이 이번에는 아이를 달래는 어른처럼 우진의 어깨를 살포시 두드렸다.

"으흐음, 아니야, 우진아. 나는 네가 무슨 말을 해도 믿어. 다 믿어. 정말이야. 우리가 보통 사이니? 자그마치 10년 으으…… 이다, 10년!"

안은경은 10년 뒤에 이어진 말은 대충 얼버무렸다. '사랑'이라고 말하고 싶었지만, 그랬다가는 우진이 까무러치고도 남을 테니 차라리 묶음 처리하기로 한 것이다.

"정말 내 말 믿어 줄 거냐?"

"그럼대도. 자, 어서 이 안은경에게 털어놔. 남김없이, 몽땅, 다."

안은경이 자신의 왼쪽 어깨를 툭툭 치며 믿어달라는 몸짓을 보였다. 우진이 잠시 머뭇거리다 입을 열었다.

"설헌 씨가 안 와."

"설헌 씨? 그게 누군데?"

우진은 주변을 휘휘 둘러보았다. 자기 집이라 주변에 들을 사람이 아무도 없는데도 조심스러운 눈치였다. 우진이 안은경 귓가에 조용히 속삭였다.

"내가 말했잖아. 허난설헌을 만났다고."

안은경이 가만히 고개를 끄덕였다.

"아, 그랬구나. 네가 허난설헌을 만났구나⋯⋯가 아니라, 이 자식이 진짜! 나를 놀려먹는 것도 한두 번이지! 마침 비도 오는데 잘됐다. 비 오는 날 먼지 나게 한번 맞아 보자. 응?"

안은경이 자리에서 벌떡 일어서며 소리쳤다. 우진은 안은경을 피해 잽싸게 식탁 쪽으로 도망치며 외쳤다.

"내 말 믿어 준다며? 무슨 10년 우정이 이렇게 얄팍하냐? 나, 정말 진지하다고!"

"진지? 첫, 진지는 네 어머니께 푸짐하게 차려 드리시고. 너 이리 와. 내가 정신 바짝 차리게 해 줄 테니까!"

안은경이 우진을 쫓아 식탁 앞으로 성큼 다가섰다. 도망가야 정상인 우진이 갑자기 그 자리에 우뚝 멈춰 섰다. 쫓아야 제맛

인데 우진이 호응해 주지 않자 안은경도 김이 팍 새 버렸다. 무엇보다 얼이 완전히 빠져 버린 우진의 표정에 더는 장난칠 엄두가 나지 않았다. 안은경이 우진의 눈앞에 가서 손을 이리저리 왔다 갔다 했다.

"우진아, 갑자기 왜 그래?"

우진의 입에서 또 그 이름이 흘러나왔다.

"설헌 씨……."

마치 오랫동안 만나지 못했던 연인을 부르는 듯한 애틋한 목소리였다. 안은경은 자연스레 우진이 넋 놓고 바라보고 있는 쪽으로 천천히 고개를 돌렸다. 그러다가 바닥에 그만 철푸덕 주저앉아 버렸다.

"헉! 다, 당신 누구야? 여기, 어떻게 들어왔어?"

우진의 집 현관 비밀번호를 아는 사람이 또 있었단 말인가. 한복을 곱게 차려입은 아리따운 여인이 안은경 앞에 서 있었다. 여인의 동그란 눈망울에서는 금방이라도 눈물이 툭 떨어질 것 같았다. 안은경은 놀란 와중에도 여인의 표정을 보며 가슴이 찌르르 울리는 것을 느꼈다.

넋 놓고 있던 우진이 정신을 차렸는지 여인 앞으로 천천히 다가섰다.

"설헌 씨, 많이 걱정했습니다. 별일…… 없는 거죠?"

'설헌 씨? 뭐야, 설헌이라는 여자가 진짜 있었던 거야? 저 다정한 말투는 또 뭐지?'

안은경이 난설헌을 올려다보았다. 왠지 모를 불안감이 스멀스멀 밀려왔다.

"왜 이렇게 얼굴이 상했습니까?"

우진이 난설헌 뺨에 손을 대려다 말고 멈칫했다. 난설헌이 그제야 입을 열었다.

"선비님 말이 맞았습니다. 그런데 저는…… 막지 못했습니다. 아무것도 하지 못했어요."

난설헌이 고개를 돌리며 입술을 꾹 깨물었다. 흘러내리려는 눈물을 참기 위해서였다.

'하아……. 결국 그 일이 일어났단 말인가. 이미 정해진 운명은 바꿀 수 없는 것인가. 그렇게 경고했는데도 말짱 소용없는 일이었던가…….'

우진은 허탈함이 밀려왔다.

"다 제 탓이에요. 선비님 말을 전해 듣고 균이랑 같이 오라버니를 만나러 갔습니다. 그때 오라버니를 모시고 왔어야 하는데……. 금강산에서 그렇게 쓸쓸히 홀로 죽음을 맞게 해서는 안 됐는데……. 흐흑."

난설헌이 끝내 울음을 터트렸다. 하염없이 눈물을 쏟아내는 난설헌을 보고 우진은 어쩔 줄 몰라 했다.

"설헌 씨, 그건 설헌 씨 잘못이 아닙니다. 예, 아니고 말고요. 그건 이미 예정된 일이었어요. 허봉 선생은 금강산을 떠돌다가 1588년에 세상을 떠났다고 역사책에 기록돼 있단 말입니다. 그런데 그게 왜 설헌 씨 탓입니까? 제발, 스스로를 괴롭히지 마세요."

안은경은 두 사람을 물끄러미 바라보았다. 도무지 코앞에서 들려오는 대화를 해석할 수 없었다.

'이게 다 무슨 소리지? 허봉? 금강산? 1588년에 세상을 떠나? 역사책에 기록돼 있다고? 설마…… 저 여인이 진짜 허난설헌?!'

허난설헌의 오라버니 이름이 허봉이라는 사실은 안은경도 알고 있었다. 어린 시절 허난설헌 위인전을 책장이 닳도록 읽은 덕이었다. 안은경은 이내 빠르게 고개를 내저으며 주먹으로 자기 머리를 콩콩 때렸다.

"내가 미쳤나 봐. 문우진이랑 놀았더니 나도 어떻게 된 게 틀림없어."

하지만 이어지는 우진의 말에 안은경의 의구심은 더욱 커졌다. 그리고 이제 그만 10년간의 짝사랑을 끝내야 할 때가 왔다는 예감이 가슴을 때렸다.

우진이 주먹을 꽉 그러쥐며 낮은 목소리로 말했다.

"이번 일은 막지 못했지만, 다음에 벌어질 일은 내가 막겠습니다. 아니, 기필코 막고야 말겠습니다."

"다음에 벌어질 일……?"

난설헌은 무슨 영문인지 몰라 우진을 가만히 바라보기만 했다. 우진이 잠시 멈칫하더니 어렵게 말을 뱉었다.

"당신은…… 스물일곱에 죽습니다."

뜻밖의 말에 난설헌의 몸이 휘청했다. 우진이 얼른 다가가 난설헌 어깨를 감싸 안았다.

"놀랐다면 미안합니다."

난설헌이 숨을 몰아쉬며 물었다.

"이번에는 내, 내가 죽는다고요? 스물일곱이면 고작해야……."

"시간이 얼마 없다는 거 압니다. 그래서 당신에게 이렇게 말하는 겁니다. 오라버니의 죽음은 어쩌지 못했지만, 당신의 죽음만큼은……. 나는 당신을 잃고 싶지 않습니다. 그러니 부디, 몸조심하세요."

우진이 내뱉는 말 한마디, 한마디에서 그의 마음이 고스란히 느껴졌다. 난설헌은 우진의 진심을 외면할 수 없어 가만히 고개를 끄덕였다. 여전히 우진의 품에 어정쩡하게 안긴 채였다.

"약속한 겁니다."

우진이 다시 한번 단단히 쐐기를 박았다.

"예, 약조하겠습니다."

난설헌이 이렇게 답하며 우진에게서 몸을 떼어내려는 순간, 우진이 갑자기 난설헌의 허리를 확 끌어안았다. 그러고는 귓가에 가만히 속삭였다.

"그냥…… 나랑 함께 이곳에 머무르면 안 되나요?"

그 목소리가 너무나 애절해 난설헌은 온몸이 떨렸다.

죽음을 예언하는 시

난설헌이 눈을 번쩍 떴다. 방이다. 우진의 품에 안겨 있던 것도 잠시, 눈 깜짝할 새 다시 이곳으로 돌아와 버린 것이다.

"당신은…… 스물일곱에 죽습니다."

우진이 한 말이 난설헌 귓가를 쟁쟁 울렸다. 스물일곱에 죽는다니. 그렇다면 이제 한 해도 채 남지 않았다.

"내가 죽는다……."

난설헌은 가만히 그 말을 곱씹어 보았다.

이 세상에 미련은 없었다. 몇 해를 살다 가든 바뀔 것도 없었다. 앞으로도 죄지은 사람처럼 시어머니 눈을 피해 시를 쓸 테고, 밖으로만 나도는 남편이 돌아올 리도 없었다. 임금이 자신의 재능을 알아봐 줄 리도 만무했다.

'하지만 배 속에 있는 이 아이는?'

난설헌은 가만히 자신의 배를 어루만졌다.

"가여운 것······."

어미 없이 살아갈 자식의 앞날에 가슴이 찢어질 듯 아팠다.

난설헌은 눈물을 흘리는 대신 붓을 들었다.

"후우."

숨을 크게 내쉰 다음 머릿속에 떠오르는 시구를 천천히 적어
나갔다.

푸른 바다는 구슬 바다에 젖고,

푸른 난새는 오색 난새에 기대네.

스물일곱 송이 아름다운 연꽃,

달밤 찬 서리에 붉게 떨어졌네.

난설헌은 가만히 자신이 쓴 시를 읽어 보았다. 그러고 있자니
방으로 돌아오기 직전 우진이 힘들게 꺼낸 말이 떠올랐다.

"그냥······ 나랑 함께 이곳에 머무르면 안 되나요?"

우진의 말은 꿀보다 달콤했다. 고마웠다. 너무나 달콤한 유혹
이라 차마 그 손을 덥석 잡을 수 없었다.

우진의 말대로 곧 세상을 떠난다면 그전에 자신이 할 일은 한
가지뿐이었다. 배 속에 자리 잡은 생명의 씨앗을 무사히 세상
밖으로 내보내는 일. 그것이 자신의 힘으로 할 수 있는 마지막
일이었다. 난설헌의 입가에 쓸쓸한 미소가 번졌다.

"선비님, 죄송합니다. 선비님과의 약조는 아무래도 지키지 못할 것 같아요."

오라버니의 죽음을 미리 알았지만 막지 못했다. 아니, 애초에 막을 수 없는 일이라는 걸 난설헌은 잘 알고 있었다. 하늘이 정해 준 운명을 한낱 인간이 거스른다니 말도 안 되는 일이었다. 자신의 죽음 역시 마찬가지 이치였다. 미리 안다 한들 타고난 운명을 어찌 바꿀 수 있단 말인가.

난설헌은 향로를 가만히 바라보았다. 그러고는 향로를 찬찬히 쓰다듬었다.

"이제 너를 다시 쓸 일은 없을 것 같구나."

난설헌은 비단으로 된 보자기를 찾아 향로를 곱게 감쌌다.

"그동안 참으로 고마웠다."

난설헌은 향로를 농 깊숙이 넣었다. 두 번 다시는 향로를 쓰지 않겠다는 다짐이었다. 향로가 눈에 띄는 곳에 있으면 조금 전처럼 그 유혹을 쉽사리 떨쳐 버리기 힘들 것 같았다.

그때, 연이가 방으로 들어섰다.

"아씨, 뭐 하세요? 밖에서 아무리 불러도 기척도 없으시고."

"아, 아무것도 아니다. 시 쓰는 게 너무 좋아서 또 넋을 놓았나 보다."

난설헌은 얼른 서안 앞으로 다가와 앉으며 연이를 보고 억지로 웃어 보였다. 연이는 잠시 난설헌의 낯빛을 살폈다. 그러더니 서안 위에 놓여 있던 한지를 가리키며 말했다.

"어디, 얼마나 잘 쓰셨는지 한번 읽어 보세요. 제가 듣고 평해 드릴게요."

"허어, 네가 감히 내 시를 평한다고? 우리 연이, 많이 컸구나."

난설헌이 어린아이 대하듯 연이 콧방울을 살짝 쥐었다 폈다.

"아이참, 저도 이제 어엿한 여인이라고요. 자꾸 이러시면 곤란해요."

"하하, 그래 알았다, 알았어. 흐음, 어디 보자. 아끼는 벗이 내가 쓴 시를 듣고 싶다는데 마다하면 안 되지."

난설헌은 연이를 보고 살포시 웃더니 한지를 집어 들었다. 그러고는 시구를 한 자, 한 자 읽어 내려갔다. 이상했다. 시를 쓸 때는 덤덤했는데, 막상 입 밖으로 소리 내 읽으니 시구 하나하나가 가슴에 와서 박혔다.

스물일곱 송이 아름다운 연꽃,

달밤 찬 서리에 붉게 떨어졌네.

결국 마지막 구절을 읽다 목이 콱 메어 버렸다.

연이는 아까부터 난설헌에게서 심상치 않은 기색을 느낀 터였다. 그래서 부러 시를 읽어 달라고 졸랐다. 그런데 시를 읽다 울컥하기까지 하다니. 이런 적은 처음이었다. 게다가 시구도 마음에 걸렸다. 연꽃 스물일곱 송이가 떨어진다. 연이는 시에 대해 아무것도 모르지만, 왠지 모를 불길함이 밀려왔다.

"어휴, 참. 우리 아씨 재능을 선녀가 시샘했나 보네. 이번 시는 영 이상해요!"

연이가 일부러 짓궂게 난설헌을 놀렸다.

"흠, 그러니?"

난설헌은 고작 이 한마디를 내뱉었다.

난설헌의 이런 반응도 평소 같지 않았다. 연이는 난설헌이 펄 펄 뛰기를 바랐다. 그리고 자신의 재능에 대해 한껏 난 체하며 떠들기를 원했다. 연이는 착 가라앉은 분위기를 흩어내려고 할 말을 찾았다. 하지만 두 눈에서 금방이라도 눈물이 툭 떨어질 것 같은 난설헌을 보니 머릿속이 새까매져 아무 말도 할 수 없었 다. 차가운 달빛이 방 안으로 슬며시 스며들고 있었다.

＊ ＊ ＊

속절없이 세월은 흘렀다. 어느새 섣달그믐날이 됐다. 무자년 이 가고 기축년 새해가 밝아오려는 참이었다. 모두가 새해 맞을 준비에 들떠있었다. 단 한 사람, 난설헌만은 기축년이 반갑지 않았다. 해가 바뀐다는 말은 곧 자신이 죽을 해가 왔다는 뜻이 었다. 난설헌의 배는 제법 부풀어 있었다.

난설헌이 연이를 불렀다.

"내일은 오라버니를 뵙고 오고 싶구나."

"예? 그 몸으로……. 마님께서 허락하실까요?"

연이가 걱정스러운 표정을 지으며 물었다.

허봉이 세상을 떠난 뒤 난설헌은 그간 허봉의 무덤을 한 번도 찾아보지 못했다. 행여 배 속 아이가 잘못될까 염려한 송씨 부인 때문이었다.

"이제 배 속 아이도 어느 정도 자리를 잡은 것 같으니 어머님께는 내가 잘 말씀드려 보마. 새해가 됐으니 오라버니께 인사는 드리고 와야지."

날이 밝자마자 난설헌은 송씨 부인을 찾았다. 송씨 부인은 영 내켜 하지 않았으나 마침 집에 와있던 김성립이 도움이 되었다.

"죽고 못 사는 오라버니 아닙니까. 저 사람 하고 싶은 거 못하게 막았다가 오히려 아이한테 더 해로울 겁니다."

물론 입 밖으로 나온 말에 가시가 잔뜩 돋쳐 있었지만, 난설헌으로서는 다행이었다.

난설헌은 간단히 채비한 뒤 연이만 데리고 길을 나섰다. 허균을 데려갈까 잠시 고민했지만 그만두었다. 허균은 요즘 생원시 준비에 여념이 없는 터였다.

저 멀리 허봉의 무덤이 보였다. 난설헌이 가쁘게 숨을 몰아쉬며 천천히 무덤가로 다가갔다. 연이는 멀찍이서 난설헌을 바라보고 있었다. 곧 쓰러질 것 같은 난설헌의 뒷모습을 보는 일이 조마조마했지만 가까이 다가가지는 않았다. 난설헌이 오롯이 오라버니와 보낼 시간을 주려는 마음이었다.

난설헌이 봉긋 솟은 무덤을 손으로 훑으며 말했다.

"오라버니, 그간 잘 지내셨습니까? 찾아오지도 않는 누이를 혹 원망하지는 않으셨습니까?"

난설헌 눈가에 금세 눈물이 고였다. 금강산에서 허봉과 지낸 마지막 날이 떠올랐다. 두 번 다시 돌아오지 않을 시간이었다.

허봉이 세상을 떠난 뒤로 난설헌은 자신의 몸 절반이 무너져 내린 것 같은 기분을 느꼈다. 한쪽 가슴이 뻥 뚫린 채로 간신히 하루하루를 살아내고 있었다.

"그곳에서는 부디 아무 걱정하지 말고 편히 쉬십시오. 이 못난 누이 걱정도 이제 그만 하세요……. 끄으윽, 흐흐흐흐흑, 어흐흐 흐흐흐흐흑."

난설헌 입에서 끝내 울음이 터져 나왔다. 오랜만에 마음껏 소리 내 울었다. 오라버니를 보내고 지금껏 꾹꾹 참아온 울음이었다.

"흐흐흑, 오라버니, 저도 곧 뒤따를 테니…… 쓸쓸해도 조금만 참으세요."

난설헌은 무덤 앞에 엎드려 한참을 그렇게 울었다.

연이는 더 두고 볼 수 없었다. 난설헌이 행여 쓰러지기라도 하면 큰일이었다. 연이가 난설헌에게 다가가 가만히 등을 쓸어주었다.

"아씨, 그러다 몸 상하십니다. 배 속 애기씨도 생각하셔야지요."

난설헌이 고개를 들었다. 얼굴에 눈물이 얼룩져 있었다. 연이 눈에도 금세 물기가 어렸다. 연이는 입술을 꾹 깨물며 울음을 삼켰다.

"곧 날이 저물 것 같습니다. 이만 돌아가셔요."

난설헌이 가만히 고개를 끄덕였다. 그러고는 마지막으로 허봉의 무덤가를 손으로 쓸며 말했다.

"오라버니, 부디 편히 쉬셔야 합니다."

난설헌은 연이의 부축을 받으며 천천히 산에서 내려왔다.

* * *

"김 대감댁 며느리가 결국 정신을 놓았다면서요?"

"쯧쯧, 내 살다 살다 그리 박복한 팔자는 처음 보네. 아니, 어떻게 아이만 가졌다 하면 그렇게 다 떠나보내나?"

"누가 아니랍니까? 아직도 들어앉아 맨날 시 나부랭이나 쓰고 있다던데. 쯧쯧, 그 집 마님도 참 안됐지 뭡니까?"

시냇가에 모여 앉아 빨래를 하던 아낙네들이 한참 수다를 늘어놓았다. 그러다 어느 순간 입을 꾹 닫았다. 연이가 빨랫감을 안고 시냇가로 성큼성큼 걸어오고 있었다. 이미 연이 귀에 아낙네들이 하는 말이 고스란히 들어간 뒤였다.

연이는 빨래터에 앉자마자 빨랫방망이를 위로 번쩍 들어 올렸다. 그러고는 보란 듯 힘차게 빨래를 내리쳤다.

탁탁탁탁탁탁탁탁탁.

연이가 내는 소리에 아낙네들이 움찔움찔했다.

'남의 불행을 한낱 씹다 뱉은 고깃덩이 취급하는 사람들. 정말

못됐어.'

연이는 이를 악물며 방망이를 쥔 손에 더욱 힘을 주었다.

아버지보다 더 의지하던 오라버니를 잃은 난설헌의 불행은 끝나지 않았다. 아니, 오히려 그때부터 본격적으로 불행이 시작된 게 아닐까 싶을 정도였다.

허봉의 무덤을 찾고 나서 얼마 지나지 않아 난설헌은 배 속 아이를 잃었다. 송씨 부인은 소식을 듣고는 그 자리에서 바로 까무러쳤다. 며칠 앓은 뒤 간신히 몸을 회복했지만, 기력이 예전 같지 않았다.

난설헌을 대하는 태도는 더더욱 얼음장같이 차갑게 변했다. 자신의 말을 듣지 않고 무리하게 길을 나선 며느리가 곱게 보일 리 없었다. 결국 또다시 손주를 잃지 않았는가 말이다. 사람들의 손가락질도 송씨 부인에게는 견디기 힘든 일이었다. 그런 박복한 며느리를 얻은 것도 다 자신의 허물로 여기는 것 같아 얼굴을 들 수 없었다.

난설헌은 사람들이 수군대는 것처럼 정신을 놓아 버린 듯 보였다. 어느 날은 마당에 나와 히죽 웃고, 또 어느 날은 화관을 머리에 쓰고 온종일 방에 틀어박혀 시를 지었다. 난설헌의 눈은 늘 어딘가 먼 곳을 헤매는 사람처럼 보였다.

허균과 연이가 옆에서 아무리 애써도 난설헌은 결코 예전 모습으로 돌아오지 않았다. 마치 죽을 날만 기다리는 사람처럼 세상과의 끈을 완전히 놓아버린 것처럼 보였다. 그녀는 연이를 앞에 두고 자주 이런 말을 중얼거렸다.

"이 세상에는 이제 아무런 미련이 없다."

연이는 하루하루가 불안했다. 마치 난설헌의 손을 잡고 살얼음 판 위를 한 발, 한 발 내딛는 기분이었다. 자신이 잠시라도 손을 놓치면 난설헌이 밑으로 쑥 빠져 사라져 버릴 것만 같았다.

모두가 불행한 나날이었다.

스물일곱 송이 연꽃 떨어지니

아직 동도 트기 전, 어스름한 새벽녘. 허균이 휘적휘적 걸음을 옮겼다. 양반가 체통 따위는 벗어던지고 힘껏 달리고 싶은 마음을 겨우겨우 억눌렀다.

"누이, 제발……. 누이……."

마치 염불을 외는 것처럼 허균 입에서 중얼중얼 목소리가 새어 나왔다.

드디어 난설헌 집 앞에 다다른 허균은 거세게 뛰는 가슴을 간신히 진정시키고 안으로 들어갔다. 그러고는 서둘러 난설헌이 머무르고 있는 안채로 향했다. 허균이 가만히 난설헌을 불렀다.

"누이, 나 왔소."

안에서는 아무 기척이 없었다. 연이도 어디 있는지 보이지 않았다. 더 망설일 새가 없었다.

"누이!"

허균이 방문을 벌컥 열었다. 야속하게도 방은 텅 비어 있었다. 난설헌이 없다는 것만 빼면 달라진 건 없었다. 평소처럼 모든 것이 정갈하게 제자리에 놓여 있었다.

그런데 달랐다. 왠지 모를 서늘함이 느껴졌다.

허균은 곧바로 방을 뛰쳐나왔다. 그러더니 정신없이 연못가로 뛰었다. 양반가 체통은 누이가 방에 없다는 걸 확인한 뒤 내던 져 버렸다.

쿵쿵쿵쿵쿵.

아까보다 더 세차게 가슴이 뛰었다.

"허억!"

연못가에 다다른 허균이 무언가를 발견하고 그 자리에 우뚝 멈 춰 섰다. 허균은 한동안 꼼짝 않고 서 있었다. 마치 혼령이라도 본 듯 완전히 얼이 빠져 있었다.

한참을 그러고 있던 허균이 간신히 정신을 차렸다. 그리고 연 못가로 천천히 발을 옮겼다. 휘적휘적 걸어가는 허균의 뒷모습 은 도무지 산 사람 같지 않았다.

허균의 발이 물에 거의 닿을 즈음, 허균이 그 자리에 풀썩 주저 앉았다. 이내 연못가에 놓인 비단신 두 짝을 천천히 집어 들었 다. 손이 파르르 떨렸다. 허균이 가슴팍에 비단신 두 짝을 꼭 안 았다. 그러고는 목 놓아 통곡했다.

"누이! 이렇게 갑자기……. 작별 인사도 못 했는데……. 내 얼

굴 한 번만 보고 가시지. 매정한 우리 누이……. 아흐흐흐흑, 가
여운 우리 누이……. 흐흐흑흑."

허균이 품에 안은 비단신은 난설헌의 것이었다. 난설헌이 시집
올 때 친정어머니가 손수 수를 놓아 만들어 준 신이다.

난설헌의 나이 딱 스물일곱. 그렇게 스물일곱 송이 연꽃은 쓸
쓸하게 떨어졌다. 우진의 예언은 이번에도 맞아떨어졌다.

목 놓아 울던 허균이 뜨거운 불에 덴 듯 갑자기 벌떡 일어섰다.
그러고는 날카로운 눈빛으로 주변을 샅샅이 훑었다. 연못가에
서 조금 떨어진 나무 밑에 무언가가 반짝 빛나고 있었다. 박산
향로였다.

허균은 곧장 향로를 향해 내달렸다. 나무 가까이 이르자마자
발을 뻗어 향로를 거칠게 걷어차 버렸다. 향로가 옆으로 힘없이
툭 쓰러졌다. 허균은 거기서 멈추지 않았다. 향로를 머리 위로
휙 집어 들더니 그대로 바닥에 내동댕이쳤다.

째쟁쨍쨍쨍쨍쨍.

향로가 요란한 소리를 내며 바닥에 부딪쳤다. 향로는 금세 뚜
껑과 몸통이 두 동강 났다. 허균은 그걸로도 성에 차지 않았는
지 발을 높이 치켜들었다. 그러더니 향로를 발로 마구 밟았다.

"너도 누이와 함께 내 눈앞에서 사라져라. 어서, 어서!"

누구보다 박산향로를 탐냈던 허균은 이제는 이 세상에서 영원
히 그 향로가 사라지기를 바라는 것처럼 보였다. 아니면 난설헌
의 갑작스러운 죽음에 화풀이라도 하는 걸까. 그만큼 그는 박산

향로를 부수는 데 온 마음과 힘을 다하고 있었다.

허균의 발길질에 뚜껑에 붙어 있던 봉황도 떨어져 나가고, 몸통을 휘감던 용의 꼬리도 부러졌다. 허균이 바닥에 흩어진 향로를 손에 들어 올렸다. 그러고는 어디론가 성큼성큼 걸어갔다. 허균의 다급한 발길은 난설헌 집 뒤에 있는 작은 산에 올라간 뒤비로소 멈추었다.

허균은 바닥에 무릎을 꿇고 앉아 빠르게 흙을 파헤쳤다. 금세 옷자락 여기저기 흙이 묻었다. 얼굴은 물론 입속으로도 흙이 튀었다. 손톱 밑에는 이미 흙이 잔뜩 끼었다. 그래도 허균은 개의치 않았다.

깊숙이 흙을 파내 구덩이가 생기자 허균은 부서진 박산향로를 그 속에 던져 버렸다. 그리고 다시 흙을 덮어 단단히 파묻었다. 두 손으로 꽉꽉 누른 것도 모자라 발로 꾹꾹 밟았다.

"다시는…… 다시는 세상에 나오지 말아라. 꼴도 보기 싫으니!"

허균은 이 말을 뇌까린 뒤 다시 어디론가 급히 발걸음을 옮겼다. 연못으로 달려올 때보다 더 빠르게 뛰었다.

허균이 달려간 곳은 난설헌 방이었다. 허균은 눈을 번뜩이며 난설헌이 쓰던 문갑을 홱 열었다. 누이가 쓴 시가 주르르 밖으로 쏟아져 나왔다. 허균은 곧장 한지 뭉치를 집어 안마당으로 내던졌다. 그러고는 한 치의 망설임도 없이 불을 붙여 버렸다.

화르르르르.

시뻘건 불길이 치솟았다.

"에구머니나, 서방님! 이게 다 무슨 일이에요?"

불길에 놀란 연이가 달려와 물었다. 그러다 불에 타고 있는 것이 난설헌이 쓴 시라는 걸 알아채고는 곧장 손을 뻗어 불길 사이를 헤집었다.

"그대로 놔두거라!"

허균이 버럭 고함을 내질렀다. 다급히 움직이던 연이의 손이 뚝 멈추었다. 지금껏 그리 노한 허균의 목소리를 들은 적은 없었다. 연이는 그대로 바닥에 철퍼덕 주저앉았다.

"이, 이건 아씨가 쓴 시인데……. 아씨, 아씨……."

연이는 하염없이 난설헌을 불렀다. 하지만 연이 부름에 응답하는 이는 아무도 없었다.

그렇게 난설헌도, 난설헌이 쓴 시도 조선 땅에서 영원히 사라져 버렸다.

마지막 선택

조선 시대 천재 여류 시인으로 불리는 허난설헌의 시 한 편이 발견됐습니다. 불행한 삶을 살다가 스물일곱에 요절한 난설헌은 죽기 직전, 무슨 이유에서인지 동생 허균에게 자신이 쓴 시를 모두 불태워 달라는 유언을 남겼는데요. 당시 허균은 누이의 말대로 방을 가득 메우고도 남을 만큼 많았던 시를 모두 불태웠습니다. 하지만 이후 자신이 기억하는 것과 강릉 집에 남아 있는 시 210여 수를 모아 문집으로 엮어 낸 바 있지요.

난설헌의 시는 발표되자마자 '낙양의 지가를 올린다.'라고 표현될 만큼 명나라를 떠들썩하게 만들었습니다. 신선 세계를 동경하며 시를 쓸 때면 늘 향을 피우고 화관을 썼다는 난설헌. 그의 미발표 시가 발견됐다는 소식에 역사학계는 흥분을 감추지 못하고 있습니다.

텔레비전에서 뉴스가 흘러나왔다. 이 뉴스를 보고 역사학계보다 더 흥분한 사람이 있었다. 어깨까지 오는 단발에 헐렁한 티셔츠를 입고 소파에 앉아 텔레비전을 보고 있는 한 여자였다.

"허난설헌의 시가 발견됐다고? 말도 안 돼!"

여자는 검지로 머리를 톡톡 두드리며 무언가를 골똘히 생각했다. 그러더니 가만히 중얼거렸다.

"내가 쓴 시는 분명 모두 불태우라고 했는데……."

그렇다. 뉴스를 보며 골똘히 생각에 잠겨 있는 사람은 바로 난설헌이었다.

"아, 혹시 담장 밑에 묻어 둔 시가 발견된 건가?"

난설헌이 갑자기 자리에서 벌떡 일어서며 외쳤다. 난설헌은 시어머니 눈을 피하기 위해 종종 시를 숨겨 두곤 했다. 허균도 그렇게 숨겨 놓은 시까지 찾지는 못했을 것이다. 어쩌면 그렇게 숨겨 놓은 시가 이제야 빛을 보는지도 모르겠다.

난설헌의 머릿속은 어느새 400여 년을 훌쩍 뛰어넘어 조선 땅으로 가 있었다.

* * *

난설헌이 거칠게 붓을 휘둘렀다. 단 한 순간도 멈칫하지 않고 글을 써 내려갔다. 마지막 점을 찍은 뒤 난설헌은 비로소 깊은 숨을 내쉬었다.

허균에게 자신의 결심을 전할 서찰을 쓰다 보니 생각은 더 확고해지고, 의지는 단단해졌다. 허균이라면 자신이 한 선택을 틀림없이 지지해 주리라 믿었다.

"연이야."

난설헌의 부름이 떨어지기 무섭게 연이가 방으로 들어섰다.

"예, 아씨. 혹시 어디 불편하세요?"

연이가 난설헌의 낯빛을 이리저리 살피며 물었다. 난설헌이 가만히 연이 손을 잡았다.

"나보다 더 나를 걱정하는 벗을 앞으로 또 만날 수 있을까."

난설헌은 연이 얼굴을 가슴속에 꼭꼭 새기려는 듯 연이에게서 눈을 떼지 못했다. 난설헌 눈동자에 물기가 차올랐다. 갑작스럽게 건넨 말에 연이가 눈에 띄게 당황했다.

"왜 그러세요, 아씨? 꼭 어디 멀리 가실 분처럼."

난설헌이 연이 얼굴을 가만히 쓸어내렸다.

"연이야, 너를 아껴라. 너는 참으로 사랑스러운 사람이다."

그러고는 연꽃 모양이 달린 노리개 하나를 건넸다.

연이는 아무 말 없이 노리개를 받아들었다. 눈물이 나오려 하는지 연이 입술이 움찔움찔거렸다. 콧잔등은 금세 새빨개졌다.

'이게 마지막 인사라는 걸 아는 게지…….'

스무 해가 넘도록 한시도 떨어져 있지 않은 사이다. 굳이 말하지 않아도 어쩌면 연이는 지금 자신의 마음을 짐작할 수 있을지 모른다.

연이가 목소리를 꾹꾹 누르며 천천히 입을 열었다.

"아씨도…… 제게는 세상에서 가장 사랑스러운 분입니다. 아씨처럼 멋진 여인은 지금껏 없었고, 앞으로도 다시는 만나지 못할 거예요."

난설헌이 얼른 고개를 숙였다. 이러다 연이 앞에서 눈물을 쏟아 버리고 말 것 같았다. 난설헌은 방금 쓴 서찰을 연이에게 건넸다.

"이것 좀 균이에게 전해 다오. 되도록 사람들 눈에 띄지 않았으면 좋겠구나."

연이는 가만히 고개를 끄덕였다. 마치 모든 걸 안다는 듯 더 묻지 않았다. 난설헌은 그런 연이가 한없이 고마웠다.

연이가 나간 뒤 난설헌은 농 깊숙이 숨겨 둔 옷을 꺼내 입었다. 우진이 선물해 준 바로 그 옷이었다. 시집올 때 친정어머니가 손수 수놓아 준 비단신과 오라버니가 준 박산향로는 품에 안았다. 그러고는 쓰개치마를 뒤집어쓰고 아무도 모르게 살며시 집을 빠져나왔다.

날아갈 듯 연못가로 발이 이끌렸다. 선이가 떠난 바로 그 자리에 난설헌은 안고 온 비단신을 놓았다. 그리고 연못가에서 조금 떨어진 나무 밑으로 가 박산향로에 조심스레 향을 피웠다.

난설헌은 결코 스스로 목숨을 끊을 생각이 없었다. 단지 사람들이 그렇게 믿기를 바랐다. 그리고 미래 세상으로 가는 길을 택했다. 물론 난설헌 혼자라면 불가능한 일이었다. 하지만 허균이 돕는다면 충분히 가능했다.

아이를 잃은 뒤, 난설헌은 실제로 잠시 정신을 놓았다. 그러다 어느 날 문득 정신이 번쩍 들었다.

'오라버니가 나를 보면 얼마나 상심하실까.'

저세상에서 곧 만나게 될 오라버니를 볼 면목이 없었다.

이대로 운명이 이끄는 대로 떠밀려 다녀야 하는 걸까. 막다른 절벽으로 몰아넣기만 하는 운명을 바꿀 수는 없을까. 내 행복을 찾을 방도가 정녕 없는 것일까.

고민하는 날이 많아졌다.

'마음만 먹으면 미래 세상으로 갈 수 있다…….'

이 생각이 끊임없이 난설헌의 머릿속을 맴돌았다. 그러다 불현 듯 향로가 영영 사라지면 돌아갈 곳을 잃게 될지도 모른다는 생각이 스쳤다.

그럼 다른 세상을 살아갈 수 있지 않을까. 어쩌면 오라버니도 그걸 바랐을지 모른다. 그래서 나에게 향로를 보낸 것이다.

난설헌은 결심했다. 자신의 행복은 스스로 찾기로. 누구도 자신의 삶을 대신 살아가 줄 수는 없다고. 여자라는 이유만으로 자신이 좋아하는 일조차 하지 못하게 하는 조선 땅에 더는 미련 따위 없다고.

다행히 난설헌의 짐작은 맞았고, 허균도 난설헌의 선택을 존중해 주었다. 허균은 난설헌이 한 부탁을 대부분 들어준 것으로 그것을 증명했다.

물론 시를 모두 불태워 달라고 청하는 일이 쉽지는 않았다. 시는 난설헌의 분신이나 마찬가지였다. 하지만 흔적을 지워야 했다. 조선 땅에 허난설헌이 존재했다는 흔적을. 그래야 2022년, 현재를 자유롭게 살 수 있을 거라 여겼다.

불행인지 다행인지, 허균은 난설헌이 한 부탁을 다 들어주지는 않았다. 기어코 난설헌이 쓴 시 210여 수를 엮어 시집을 냈다. 자신이 쓴 시를 그렇게 많이 기억하고 있었으리라고는 난설헌도 짐작하지 못했다.

그리고 지금, 뜻밖에도 난설헌의 또 다른 시가 발견됐다는 뉴스가 흘러나오고 있는 것이다. 그때 누군가 다가와 난설헌의 머릿속을 다시 현재로 돌려놓았다.

"처음에는 무서워하더니 이제는 아주 텔레비전에 푹 빠지셨습니다. 질투 나게."

우진이 난설헌 옆에 와 앉았다. 우진은 난설헌과 눈이 마주치자마자 벙싯 웃었다. 난설헌도 따라 웃었다.

우진과 함께 있으면 늘 이렇게 웃게 된다. 난설헌은 이곳에 오면서 시집온 뒤 잃어버렸던 웃음도 함께 되찾았다.

"그나저나 작가님, 앞으로는 더 조심하셔야겠어요."

우진은 이렇게 말하며 휙, 채널을 돌렸다. 비교적 말랑말랑한 소식을 다루는 교양 프로그램이 방송되고 있었다. 진행을 맡은 연예인이 잔뜩 들뜬 목소리로 말했다.

오늘은 요즘 문학계의 가장 주목받는 신인, 설헌 작가에 대한 소식을 준비했습니다. 오늘 포털 사이트에 한 번이라도 접속해 본 시청자는 짐작하실 텐데요. 온종일 인터넷을 떠들썩하게 만들었던 그 소식! 바로 설헌 작가를 봤다는 SNS 목격담입니다. 어젯밤 설헌 작가로 추정되는 인물이 한 남성과 식당에 들어가는 걸 봤다는 내용이 SNS에 퍼졌는데요. 아직 이 목격담이 사실인지는 확인되지 않고 있습니다. 하지만 이 소식은 순식간에 포털 사이트를 점령했는데요. 그만큼 많은 분들이 설헌 작가의 정체를 궁금해 하고 있다는 말이겠죠?

설헌 작가는 첫 작품 《조선 규방 일기》로 단숨에 베스트셀러 작가로 이름을 알렸지만, 현재까지 작가에 대해 알려진 것이 아무것도 없습니다. 출판사도 작가에 대해서는 일체 입을 열지 않고 있고요. 이 때문에 유명 작가의 필명이라는 설부터 사실은 외계인이라는 황당한 설까지, 다양한 추측이 나오고 있는데요.

설헌 작가는 조선 시대에 규방 여인이 수시로 시간 여행을 했다는 기발한 상상에, 당시 생활상을 마치 눈에 그리듯 생생하게 묘사해 많은 독자들을 단번에 사로잡았습니다. 곧 다음 책이 출간된다고 하니 그때는 설헌 작가를 이 자리에 모셔 직접 만나볼 수 있게 되길 기대하겠습니다.

"헛! 진짜 우리를 본 사람이 있는 걸까요?"

난설헌이 눈을 동그랗게 뜨고 물었다. 우진은 어깨를 한 번 으쓱한 뒤 어딘가로 전화를 걸었다. 그러더니 상대와 통화가 연결되자마자 다짜고짜 따졌다.

"야, 안은경! 너 작가 관리 이렇게 할 거야? 너 아니면 누가 우리 설헌 씨를 아냐고? 네가 또 술 먹고 실수한 거 아냐? 뭐? 아니, 너를 주책바가지 주정뱅이 대표로 보는 건 아니고…… 그래, 나도 너한테 내 원고 안 준다! 이제 겨우 책 한 권 낸 1인 출판사 대표가 콧대 참 높다! 그것도 우리 설헌 씨 덕인 거 알지? 뭐? 너 말 다 했냐?"

난설헌은 우진의 손에서 얼른 휴대전화를 뺏어 들었다. 열 받은 안은경 목소리가 귀를 뚫고 들어왔다.

"저, 안 대표님……."

난설헌이 조심스레 입을 열자마자 안은경 목소리가 180도 달라졌다.

"어머, 작가님! 잘 지내고 계시죠?"

"예, 두 분 그만 싸우시라고."

"어머머, 싸우긴요. 저희는 대학 때부터 쭉 이런 톤으로 대화했답니다. 작가님, 우진이 말 듣고 흔들리시면 안 돼요. 다음 책도, 그 다음 책도, 그 다다다다다음 책도 꼭 저랑 하셔야 합니다!"

휴대전화 밖으로 들리는 안은경 목소리에 우진이 끼어들었다.

"어이구, 저걸 동기라고! 나한테 좀 그렇게 예쁘게 말해 줄래?"

"그건 너도 마찬가지거든! 작가님한테 하듯 나한테도 좀 다정함이라는 걸 써 줄래?"

우진과 안은경이 금세 또 퉁탕거렸다. 이렇게 티격태격하는 모습도 난설헌 눈에는 예쁘게만 보였다. 두 사람의 모습은 균이랑 서로를 놀리며 짓궂게 장난치던 어린 시절을 떠오르게 했다.

"어이, 안 대표! 난 우리 설헌 씨랑 축하 파티해야 하니까 불청객은 이만 끊어 주시죠."

"쳇, 자기가 전화해서 바쁜 사람 시간 뺏어 놓고! 잘 알겠습니다요. 문 작가님 다음 작품은 부디, 제발, 꼬옥 대박나십쇼! 그럼!"

안은경이 마지막까지 우진을 약 올리며 전화를 끊었다.

"어휴, 저 웬수. 전생에 대체 무슨 악연으로 얽힌 건지!"

우진이 한숨을 푹 내쉬며 고개를 절레절레 저었다. 말은 저렇게 해도 난설헌은 우진이 안은경에게 무척 고마워한다는 걸 잘 알고 있었다. 조선에서 갑자기 건너온 난설헌을 있는 그대로 받아들여 주고, 난설헌이 쓴 글을 정성껏 책으로 만들어 준 사람이 다름 아닌 안은경이었다.

난설헌이 웃음 띤 얼굴로 물었다.

"그런데 저랑 무슨 파티를 하시려고요?"

구겨져 있던 우진의 얼굴이 금세 다리미가 지나간 빳빳한 셔츠처럼 활짝 펴졌다.

"아, 잠시만요!"

우진이 후다닥 부엌으로 달려갔다. 그러고는 식탁 위에 있던 보자기를 휙 걷어냈다.

"어머!"

난설헌이 입을 떡 벌렸다.

식탁 위에는 임금이 먹는 수라상 부럽지 않게 맛있는 음식이 가득했다. 한가운데 하트 모양 케이크까지 있었다.

"설헌 씨 첫 책의 100쇄 돌파를 축하합니다!"

우진이 손뼉을 짝짝짝 맞부딪치며 외쳤다.

난설헌이 잠시 놀란 듯하더니 갑자기 방으로 사라졌다. 우진은 가슴이 덜컥 내려앉았다. 난설헌이 눈앞에서 사라지면 자기도 모르게 늘 이런 반응이 나왔다. 이제 향로는 쓸 수 없다는 걸 아는데도 예전처럼 갑자기 난설헌이 사라져 버릴까 봐 두려운 것이다.

우진은 자신과 난설헌을 이어주었던 향로를 흘끔 쳐다보았다. 뚜껑과 몸통이 분리된 박산향로가 진열장 속에 가만히 놓여 있었다. 허균이 땅속에 꽁꽁 파묻었던 바로 그 향로였다. 그 향로가 400년도 더 지나 우진의 손에 들어올 줄 누가 알았을까? 난설헌과 우진. 두 사람은 어쩌면 시간을 뛰어넘어 일찍부터 단단한 운명의 끈으로 이어져 있었는지도 모른다.

"설헌 씨, 어디 가요? 내 축하 안 받아요?"

우진이 얼른 난설헌 뒤꽁무니를 쫓아갔다. 난설헌이 방에서 나오며 수줍게 웃었다. 그러고는 뒤에 감춘 손을 쑥 내밀었다.

"이거. 우진 씨 등단 축하 선물이에요."

"앗, 쑥스럽게 뭘 이런 걸⋯⋯. 그냥 문예지에 작품 한 편 실린 것뿐인걸요."

하지만, 어느새 우진의 눈가가 촉촉하게 젖어 들었다.

사실 얼마나 기다렸던 일인가. 자신의 작품이 발표되고, 누군가 읽어 준다는 것만으로도 우진은 감사하고, 또 감사했다.

"이게 다 설헌 씨 덕분입니다. 설헌 씨를 다시 만나 저도 새 삶을 선물 받았다고요."

우진은 씩 웃으며 얼른 눈가를 훔쳤다. 그러고는 손을 내밀어 난설헌이 준 선물을 받았다.

한지 위에 시 한 수가 적혀 있었다. 붓으로 써 내려간 글자 하나하나가 마치 살아 움직이며 우진에게 말을 거는 것 같았다. 새삼 조선 시대 천재 여류 시인으로 불린 허난설헌의 명성이 가슴에 와 닿았다.

난설헌은 시를 받아든 우진이 어떤 반응을 보일지 내심 초조했다. 하지만 시를 읽는 내내 올라가 있는 우진의 입꼬리를 보며 마음을 놓았다.

우진은 특히 마지막에 '당신의 진실한 글벗, 난설헌'이라고 찍힌 직인을 오래도록 바라보았다. 그리고 마침내 나지막한 목소리로 입을 열었다.

"진실한 글벗……. 그래요. 우리 이렇게, 지금 이곳에서, 함께 써요. 우리가 쓰고 싶은 글을 자유롭게, 마음껏."

우진이 천천히 고개를 숙였다. 우진의 입술이 난설헌의 입술과 만났다.

난설헌은 숨이 꽉 멎는 것 같았다. 하지만 고개를 돌리지는 않왔다. 우진의 입술이 부드럽게 난설헌의 입술을 감쌌다. 둘은 조금씩, 조금씩 서로에게 다가섰다. 400여 년의 시간을 훌쩍 뛰어넘는 길고 긴 입맞춤이었다.

조선 시대에 21세기 생각을 가졌던 여성

"양반집 규수가 노비 옷을 입고, 남장을 하고서 신랑감을 직접 보러 갔다."

우연히 본 이 한 문장이 제 마음을 강렬하게 뒤흔들었습니다. 조선 시대에, 그것도 양반집 규수가 노비 옷을 입고, 남장까지 하다니요? 집안끼리 약속해 정한 대로 혼인을 하는 당시 분위기에서 감히 상상조차 할 수 없는 일이지요.

이 당돌하고도 대담한 일을 실제 행동으로 옮겼다고 알려진 주인공. 그가 바로 허난설헌입니다. 신사임당과 늘 짝을 이루며 조선 시대에 재능 있는 대표적인 여성으로 거론되는 그 허난설헌 말입니다.

실제 그런 일이 있었는지 아닌지 확인할 수는 없지만, 그 문장을 읽는 순간 저에게 허난설헌은 역사책 속에 박제된 인물이 아니라 생생하게 살아 움직이는 한 인간으로 다가왔습니다. 난설헌이 대체 어떤 사람이었는지 무척 궁금했습니다. 당시 난설헌에 대해 제가 알고 있던 사실은 고작 '조선 시대의 천재 시인' 정도가 다였으니까요.

그때부터 난설헌에 대한 자료를 이것저것 찾아보기 시작했습니다. 그리고 난설헌에 대해 알면 알수록 오히려 궁금한 게 더 많아졌습니다. 도저히 풀리지 않는 의문도 점점 커졌습니다.

대체 난설헌은 자신이 스물일곱 살에 죽는다는 걸 어떻게 알았을까?

왜 죽기 전 동생 허균에게 자신이 쓴 시를 모두 불태우라고 하며 자신의 흔적을 지우려 한 걸까?

죽기 직전 행방에 대해서는 왜 알려지지 않았을까?

이 작품은 이러한 난설헌의 미스터리한 행적에서 출발했습니다. 그리고 어느 날 문득 이런 생각이 머릿속에 스쳐 지나가더군요.

'혹시 난설헌이 미래로 시간 여행을 할 수 있었던 게 아닐까?'

그 생각이 떠오른 뒤부터 이야기가 실타래처럼 풀렸습니다.

작품을 쓰면서 즐거웠지만, 한편으로 고민도 많았습니다. 무엇보다 실존했던 인물을 다루는 것에 대한 부담이 컸습니다. 혹시 이 이야기가 작품 속에 등장하는 인물들에게 누가 되는 것은 아닐까? 하는 걱정이 때때로 찾아왔습니다. 그것은 이 책이 세상에 나온 지금도 마찬가지입니다.

특히 난설헌 중심으로 이야기를 풀다 보니 남편 김성립과 그의 시댁 식구들의 입장을 좀 더 세심하게 다루지 못해 아쉬운 마음이 큽니다. 부부끼리는 좋은 사람, 나쁜 사람이 따로 없다는 말이 있습니다. 그저 나에게 맞는 사람과 그렇지 않은 사람이 있을 뿐이라고요. 김성립과 난설헌 역시 서로에게 맞지 않는 짝이었다고 생각합니다.

이야기의 대부분은 난설헌의 생애와 역사적 사실을 바탕으로 썼습니다. 하지만 극적 재미를 위해 작가의 상상을 더하거나 바꾼 부분도 있습니다. 그러한 부분은 너그럽게 이해해 주시기를 부탁드립니다. 그저 작품 속에서나마 불행했던 난설헌을 위로하고 싶었던 마음을 헤아려 주시면 고맙겠습니다. 자신의 행복을 찾기 위해 과감한 선택을 한 난설헌을 보며 이런저런 이유로 꿈을 펼치지 못하는 이들에게 용기를 주고 싶었던 마음도 더해서요.

조선 시대에 살았지만 21세기 생각을 가진 여성. 시대를 잘못 타고난 비운의 천재. 중국과 일본에서 최초의 한류 열풍을 일으킨 주인공. 이러한 난설헌에 대한 평가에 더해 이 작품으로 난설헌이라는 인물에 대해 더 관심을 가지고, 들여다보는 계기가 된다면 더 바랄 나위 없겠습니다. 당장 난설헌이 남긴 시부터 찾아 읽어 보아도 좋겠지요.

마지막으로 《시간을 달리다, 난설헌》이 세상에 나올 수 있게 애써 주신 모든 분과 초록서재 출판사에 감사드립니다.

난설헌을 만나 행복했던

작가 **백혜영**

*참고 자료
《허난설헌 평전》(장정룡, 새문사, 2007)
《허난설헌》(허미자, 성신여자대학교출판부, 2007)
《허균 평전》(허경진, 돌베개, 2002)
〈한국사傳 – 왜 조선에서 여자로 태어났을까, 허난설헌〉, KBS, 2007

시간을 달리다, 난설헌

초판 1쇄 2022년 1월 28일 | 초판 3쇄 2023년 9월 20일
글 백혜영 | 펴낸이 황정임 | 펴낸곳 초록서재(도서출판 노란돼지)
총괄본부장 김영숙 | 편집 이나영 | 디자인 이재민 이선영 이영아
마케팅 이수빈 고예찬 | 경영지원 손향숙

펴낸곳 초록서재(도서출판 노란돼지)
주소 (10880) 경기도 파주시 교하로875번길 31-14 1층
전화 (031)942-5379 | 팩스 (031)942-5378
등록번호 제406-2015-000137호 | 등록일자 2015년 11월 5일
홈페이지 yellowpig.co.kr | 인스타그램 @greenlibrary_pub
ⓒ 백혜영, 2022 | ISBN 979-11-976285-4-2 (43810)

초록서재는 여린 잎이 자라 짙은 나무가 되듯,
마음과 생각이 깊어지는 책을 펴냅니다.